04

田舎の未来

手探りの7年間とその先について

さのかずや

目次

はじめに

はじめまして。『仕事文脈』を読んでいただいている方はいつもありがとうございます。さのかずやと申します。

この本は、２０１２年９月、当時21歳のぼくが書いた（この記事を書く数日前に立ち上げた）ブログの記事から、現在28歳の２０１９年４月まで、半年に１回刊行の『仕事文脈』に連載した記事を中心にまとめたものです。この雑誌はその名のとおり、働き方にかんするテーマを毎号設けていて、ぼくの記事も働き方や暮らし方について触れながら書いています。

最初の２つの記事は大阪の山奥にいた理系大学生のときに、つぎの２０１３年〜２０１４年の３つは新卒で就職した東京の広告代理店のときに、２０１５年〜２０１６年の４つは会社をやめて通った岐阜の大学院生のときに、２０１７年の２つはもう１度就職した東京の新規事業企画・支援の会社のときに、最後の２つはフリーランスになって書いたものです。

それぞれそのとき見えている自分の範囲から、最大限書けることを書こう、と思って書いてきました。今読み返すと、たとえば最初の方の記事などは、今とは時代や流行っていること、ぼくの知識量や世の中の情報量などいろんなことが違うといえど、正直けっこうひどいです。今のぼくから見ても「こいつよくわかってないな」という感じがあります。

でもそういうことも含めて、そのときのぼくが書けることを全部書いてきた、やれることを全部やってきた、ということの現れでもあるかもしれない。そう考えて、文章やリサーチ、アイデアや主張がつたない部分、文体や文章構成、言い回しの差異なども含めて、あえてほとんど連載当時のままにしています。読みづらかったらすみません。

この本が誰かにとってなにかの参考になるのか、正直ぼくは全然わからないのですが、「この本で何かを伝える」ということよりも、「この本で何かが起こる」ということのほうがずっと大事だと思っています。この本が、そしてぼく自身が、田舎の未来に向かって活動しているどこかの誰かの励みになって、その活動が少しでも前に進む、その支えになれればと思います。

田舎だからできることと、その可能性について

2012年9月22日、9月24日、10月18日

思ってたより、深刻だった。

今ぼくは、来週からはじまる教育実習のために実家に帰省している。ぼくの実家は、北海道の片隅にある。実家には事務職をしている母と、高校3年の妹、そして今年の春から無職の父がいる。今回、父の就職活動を少しだけのぞき見る機会があった。そこでぼくが父を見て感じたこと、父を取り巻く環境を見て感じたことは、今まで自分が思っていた「田舎」のイメージと大きく異なっていた。

◆父について

父はうつ病だった。父はずっとこの町で、社員10人にも満たない会社で働いていた。元々自分の思っていることを人に言わない性格で、無断で会社を休んだりすることもあった。

ぼくが高校のときぐらいから軽いうつ病を抱え、治療しながら働いていたが、2年前のちょうど今頃、港で頭をぶつけて海に落ちた。すべて母から聞いた話であるが、母のもとに父から突然電話がかかってきたらしい。

「海に落ちた。頭をぶつけた。港にいる。」

母が急いで、車で40分ほどかかる港に向かうと、車の運転席でびしょ濡れで座っている父がいたらしい。言葉がたどたどしかったため、母は救急車を呼び、父は病院に搬送された。父は後頭部をぶつけていたようで、脳に軽い損傷があったらしい。大学2年だったぼくはギリギリ夏休み期間だったため、数日後に大阪から帰ってきて父のお見舞いに行った。父は集中治療室のベッドで寝ていた。ほとんど意識がなく、目が覚めてもあまり反応しなかったのを覚えている。

そのあと、父の状態は徐々に回復していった。会社のほうは復帰まで待ってくれるとのことで、ぼくたち家族は本当に安心した。数ヶ月して退院し、リハビリに通いながら、仕事にもゆっくり復帰した。しかし元々あまり喋らなかった父が、さらに思いどおりに話せないようで、幾度か突然「仕事やめる」と言うことがあったりしたらしい。ぼくはそのとき父に電話して、「おれはなんとかなるから、お父さんのやりたいようにしなよ」と伝えた。そのとき父は、

「まあ大丈夫だ、カズが卒業するまではやるよ」

と言っていたが、結局父は仕事をやめた。今年の春の話だ。

それから半年。約1年間の失業保険の期間が半分ほど過ぎた。現在は母の稼ぎと月15万円の失業保険で生活している。父は家事をしたり、テレビ見たり、ほぼ唯一の趣味である釣りに行ったり。就職活動はあまりしていない。ぼくは母方の祖父母ととても仲がよいが、母方の祖父母は父がなかなか働かないことに焦《じ》れているようだった。それがぼくにとっては結構つらい。

◆田舎の仕事について

そうは言っても、もう歳も50歳近いのに、帰省するたびいつまでも家でケータイいじってる（グリーやってるらしい）父を見るのはなかなかつらいものがある。ぼくはやっぱり気になって、父が釣りに行っている間に、居間に置いてあった数十枚の求人票を見た。これだけ何十枚もあるなら、きっといくつも仕事はあるんじゃないか。父もなんだかんだ仕事選んでるんじゃないか。そう思ったのは少し甘かった。

腰が悪く身体もあまり丈夫でない父に、土木の仕事やトラックの運転手は無理とすると、介護職か農業従事者しかない。何十枚もあるのに、だ。給料はどっちも月給13万円くらい。フルタイムで。13万円なんて、都会なら大学行きながらでも稼げるくらいの額じゃないか、とぼくは思った。失業保険は月15万円だ。

介護職は週1くらいで夜勤があるし、コミュニケーションが必須だ。農業は朝5時から、長い昼休みをとって、仕事は夜まで。土木ほどではないにしろ肉体労働であるし、父はもともと口下手な上、頭をぶつけた後遺症があるのか、まれに会話が成立しないこともあり、コミュニケーションが万全とはいえない。田舎で働くということが、思っていたよりずっと大変なことを知った。

お盆に帰省して中学の同級生と飲んだとき、中学の同級生でさえ地元で働いていないやつが何人もいることを知った。そいつらに働く意志があるのかはわからないが、働く意志があってそれなら、50歳近くて身体も丈夫でない父に仕事はあるだろうか、などと考えてしまった。

田舎だから、なんだろうか。都会に行っても、状況は変わらないんだろうか。

ぼくが今考えていること、多くの人に聞きたいことは以下の3つだ。

1　向上心があまりなく、身体が丈夫でなく、コミュニケーションが取りにくい人間に、できる仕事はあるか。
2　そういった仕事を、人口100万人以上の都市まで車で4時間かかるような田舎に作ることはできるか。
3　そういった仕事に限らず、都会から田舎に仕事を流すことはできるか。

そう簡単に答えが出ることじゃないと思うけど、なにかできることはないだろうか。もしかしたら、仕事がなくて困ってるのは父やうちの家族だけかもしれないけど、少なくともわりと田舎の普通の家庭であるうちの家族が困っているということは、ほかの家庭やほかの人々にも起こりうるんじゃないかと思ってしまう。実際はどうなんだろう。

どちらにしろ、北海道の片隅のような、「都会が近くにない」田舎は、生活が崩れる寸前のところまできているらしい。ぼくが今まで「当たり前の幸せ」だと思っていたものは、絶妙なバランスの上にあったものらしい。

でもぼくは日本の端っこから真ん中に出ていく者として、田舎に幸せであり続けてほしいという思いがあります。ぼくはまだただの大学生で、なんの力もないし、偉そうなこと言ってるばっかりでなにも知らないし、これからだってそんな力を持てるかはわかりません。意識高そうなことばっかり言ってる薄っぺらい人間です。それでも、ぼくにご意見、ご指導いただける方がいらっしゃれば幸いです。これがぼくや田舎にとっての、なにかの一歩になればと思います。

II　追記

2012年9月24日

この日記を投稿してから1日、反響の大きさにかなりおどろいています。300あまりだったページビューは1日で49937まで跳ね上がりました。それだけ多くの人の目に触れた文章は、それだけの価値があったのでしょうか。この記事についたコメントやはてブのコメント、Twitterでの反響をかなりの数見ていました。そのなかで、説明不足により誤解を招いてしまっている部分が多々あったので、それについて触れておきたいと思います。

ぼくがこの記事で書きたかった、伝えたかったことは、

「田舎の仕事とその状況・展望について、なにか知っていれば教えていただけないでしょうか」

「そうでない人は、これを機に田舎についてなにか考えていただければ幸いです」

に集約されます。

ぼくはその3つの質問項目が客観的に考えたり、資本主義的に考えれば、答えはすべてNOであることはわかっています。田舎をあきらめて都会に行けば仕事はあるだろうし、父が働かなくたって、養おうと思えば来年からのぼくの給料で両親くらいなら養えると思います。コメントにもありましたが、客観的に見れば、父が死ねばそんな問題など存在しないのでしょう。

でもぼくが思ったこと、言いたかったことは、そういうことじゃないんです。自分の故郷に住むということ、自分で働いたお金で生きるということ、そういうことを「答えが見つからないから」「みんなそうだから」という理由であきらめていいのか、と思っ

たんです。

「田舎は発展途上国と同じかそれ以下だ。甘えるな」

「田舎に住むこと自体が贅沢ってことを自覚しろ。田舎で死ね」

「月額13万円やそれ以下で働いてる人なんていっぱいいる」

みんなそんななかがんばってるんだから、なにも知らない若造がボケたことぬかすな、と言っているようにしか聞こえません。それはわかってるんです。その中で、なにかできることはないのか。たとえ生産性がなくても、普通雇えるような人間じゃなかったとしても、田舎を愛し、田舎に住みながらできることはもうないのか。もしよければ、一緒に考えてくれませんか。ということを言いたかったのです。


母は、夢の話でしかありませんが、この街にはカフェがないから、そういうのをしてみたい、という話をしていました。ちょっとこれは街の環境についてくわしい事情を知らなければわからないかもしれませんが、ぼく個人的には結構着眼点はいいのではないか、と思いました。ただ、確実に初期投資がかかってしまうし、今は全く元手がないので、ぼくが元手を提供できるくらいになればそれも考えられるのかな、と思っています。

カフェ、ユースホステルといったもの以外の方法についても、今考えようとしているところです。

あまりにも、「お前の考えていることはもうどうしようもないことだ、あきらめろ」というニュアンスのコメントが多かったので、追記させていただきました。本当にむずかしい問題だと思いますが、一緒に考えてくれる人がいればいいな、そこまでじゃなくても、なにか心に留めてもらえるものがあればいいな、と思っています。

III 反響まとめ。田舎からできることと、その可能性について

2012年10月18日

先月書いたブログ記事「無職の父と、田舎の未来について。」がものすごい勢いで拡散され、本当にたくさんの反響をいただきました。激励の言葉、同情の言葉、非難の言葉、さまざまな提案。すべてきちんと受け取っています。いただいたコメントや提案を整理してみると、ぼくが衝動的に書きつづった前回の記事の状況を取り巻く問題の構造

が、少しずつ見えてきたような気がします。それと同時に、ぼくが衝動的に投げかけた3つの質問が、いかに的はずれなものだったかがわかってきました。今回は、それらを踏まえた上で、「一般的な田舎の雇用・労働問題」として、みなさんからいただいた反響の中の提案・実例を紹介していきます。

◆雇用・労働問題について

前の記事におけるぼくの投げかけについて、みなさんからいただいたコメントを元に大まかにまとめると、以下のようになるかと思われます。

①諸々できない人に仕事はあるか？

現時点ではほぼない。あっても（外国人も含め）誰かがやっている。
田舎だからないわけではなく、都会にもそんな人に仕事はない。
必要ならそう言った仕事を作り出す必要がある。

② それ、田舎でできる？

①に書いたように、ないのだから田舎に回せない。あっても日本全体に余裕がないのだから、田舎に回す余裕はない。

③ 都会→田舎に雇用を移せる？

①②のとおり、田舎に回す余裕はない。せいぜい大企業のコールセンターや工場、データセンターといったレベルだが、最近はその動きも少ない。田舎に雇用を生み出したいなら、田舎で事業を作りだすべき。

ホント、改めて考えてみると、①②③の質問が全然独立してないですね。「ただの状況報告ですませたくない」と作った問いかけでしたが、衝動的に書いた感じがありありと浮かんでしまっています。ある意味噛み砕いた質問を載せたから広がったこともあるのかもしれませんが。みなさんからいただいたコメントを整理してみると、おそらくぼくが提起した「雇用・労働問題」は、範囲の広い（マクロな）順から以下のように分類されると思います。【図1】

ぼくは残念ながら工学部なので、ミクロ経済とかマクロ経済とかの知識はまったくないです。なので、ぼくの周辺から把握・理解できる範囲で話をしようとすると、せいぜい色分けした部分くらいまでになります。北海道と日本は、特別区切る必要もなさそうだと判断して、ここでは一緒に考えます。ぼくの地元の町について書くべきこともそれほど多くないので、ここでは一般的な田舎と一緒に考えたいと思います。

◆一般的な田舎の雇用・労働問題について

「日本の一般的な田舎」の定義はむずかしいですが、今回の雇用・労働問題に限っていえば、「移住せずに仕事を得るのがむずかしい場所」と考えてもらえればおおむね説明できるかと思います。まずはコメントで多くの意見をいただいた、「IＴ関係のビジネスを行う」「観光客

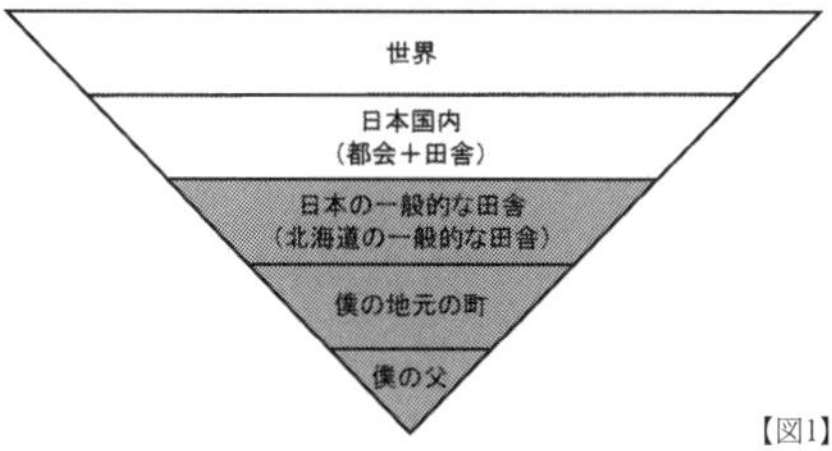

【図1】

を相手にしたビジネスを行う」の２つについて考えて、最後にほかの提案をまとめて紹介したいと思います。

【ＩＴ関係のビジネスについて】

１　田舎でＩＴビジネスをする

まず「都会でも田舎でもできる仕事」といえば、全世界で条件がほぼ変わらないインターネットを使ったビジネスを起こすことを、ほとんどの人は考えるのではないかと思います。パソコンとネット環境さえあれば、条件は同じのはずです。

ですが、田舎と都会で大きくちがうのは、パソコンの前にいる人の条件だと考えます。都会の場合は、身近に教えてくれる人がいるかもしれないし、通える距離にＩＴ系の学校があるかもしれません。しかし田舎の場合は、教えてくれる人の数が圧倒的に少ないし、日本中を相手に使えるレベルのＩＴ技術を学べる場所もほとんどありません。都会で十分なＩＴスキルを身につけた人の場合、田舎に帰ってネットビジネスをするのは十分可能だと思いますし、そういう人はたくさんいると思います。ぼくの高校の後輩の親御さんにも、くわしくは存じ上げないのですが、地方都市でネットビジネスに成功している人もいます。ただ、そうでない人が同じことをしようと思えば自分で勉強しなくてはならず、自力で実用レベルに持っていくことがそう簡単でないのは想像がつきます。

以上から、プログラミングやＨＰコーディングなど高度なＩＴスキルが必要なものは、田舎に指導者を置く必要があり、あまり現実的ではないと考えます。もしできるとしたら、都会で十分なＩＴスキル・リーダースキルを身につけた人が、田舎で意欲的な人を巻き込んで行う、といったことではないでしょうか。

こういうのがこれから広がっていく可能性は十分にあると思いますし、都会で鍛えられた若者たちが地元に帰って地元を盛り上げる、といったことが全国的なムーブメントになるかもしれません。ぼくもできるならそういうことにかかわりたいと思いますが、今はまだわかりません。

「田舎のものをインターネットを通じて大衆に売る」という提案がありましたが、「田舎のもの」に相当な魅力がないとむずかしいと思います。うちの父が釣った魚を一般の方がインターネットを通じて買いたいとは、なかなか思わないでしょうし、現実的にもむずかしいと思います。

2　田舎でＩＴを通じて都会の人の仕事をシェアする

ＳＯＨＯについても考えてみました。ＳＯＨＯのサイトや仕事内容、賃金などもいろいろ見てみました。確かにちょっとずつではありますが、あまり場所を選ばず、自分のペースでお金を稼げる手段ではあるようです。

が、これはぼくの個人的な感想になってしまうのですが、自分の家にこもってパソコンと向き合って、誰でもできる単純作業でちょっとしたお金を稼ぐことを、田舎で「定職」だというのはなかなかむずかしいのではないか、と感じてしまいます。

在宅でＩＴ関係の仕事をしている人を馬鹿にしているわけではないです。ネットビジネスをかたちにしている人は本当にすごいと思います。もちろんＳＯＨＯでも、それは労働としてのひとつのかたちだと思いますが、ぼく個人的には「田舎のビジネス」として、もうちょっと別の形はないか考えてみたいです。

【観光客を相手にしたビジネスについて】

ぼくの地元の近くの町には、日本最大級のチューリップ畑があります。海沿いの町までいけば冬には流氷が来ます。ちょっと遠くには世界遺産の知床半島もあります。観光客を相手にしたビジネスというのも、田舎のビジネスとしてはやはり代表的なものになるかと思います。ここで、ぼくの地元の町を例に、観光ブランディングについてちょっと考えてみたいと思います。

ぼくの地元の町にはなにがあるのか。数年前に大規模なコスモス畑を作って公園にしたところがあり、それが少しずつ認知度を上げているようです。ですが莫大な観光客を生んでいるのかどうかは疑問です。

ほかに観光資源はなにがあるか。全国的に有名なことはふたつあります。ガンダムと鉄道です。ぼくの地元の町は、ガンダムをコミカライズした安彦良和さんという人の出身地です。それを利用してガンダムでまちおこし！　みたいなことも企んでいるようです。もうひとつの鉄道は、「入ってくる方向と出ていく方向が同じ」という、全国的にも珍しい「スイッチバック」という形態の駅であることです。ぼくの地元の町の名前を言うと、鉄道にくわしい人なら知っていたりもします。ただ、現在これらを観光の目玉にしよう！　という動きはほとんどありません。計画こそされているものの、実際になにか目立った活動は一切ありません。

ここからはぼくの推測にすぎないのですが、おそらく町にはこれらを観光の目玉に据《す》える勇気がないのだと思います。それはおそらくふたつの理由があって、ひとつは「目玉にするには中途半端」であること、もうひとつは「観光客をつかめた場合の町が想像できない」ことだと思います。

安彦さんにかんして、ぼくの地元では名前は有名ですがくわしい人はほとんどおらず、「なんか町出身でガンダムにかかわってた人がいる」という程度です。たとえば、境港の水木しげるロードのような、わりと誰でもいくつものキャラクターを知っていて、子どもにも愛される、といったようなものであればよいのかもしれませんが、ガンダムがそうかと言われれば、もっとコアなファン向けになってしまうと思います。東京の「ガンダムホテル」のようなものは、母体数が1000万以上である中の何百人のコアなファン向けなのだろうと思いますが、それを母体数が100分の1以下の田舎でやって成立するとはとても思えません。

駅にかんしても、スイッチバックがこれといって愛されているわけでもないし、地元の人は列車はめったに使いません。田舎は車社会なので。おそらく、このような理由から、「地元の人たちが自信を持って売り出せる」というレベルでないため、それで観光客が増えたとしても、町がよくなるイメージが持てないのだと思います。

ちょっと話がそれつつありますが、「大都会から離れた田舎で、コアなファンを相手にしたビジネスはむずかしそうだ」「田舎での観光資源は、万人受けするものが望ましい」というひとつの推測です。旭山動物園とかのような。

こういう点で、ぼくの地元の町は受け入れられやすいコスモスを推している、というところもあるのだと推測しています。町の人が一生懸命考えてなかなかできないんだから、ぼくが考えてもむずかしいです。ホントはターゲット絞ったりして考えたほうがいいのかもしれませんが、このへんの話はぼくが来年入社予定の広告代理店に入って勉強したいことでもあります。きっとこういう悩みを抱えた小さな自治体はたくさんあるんだろう。という、小さな田舎町の観光ブランディングの一例です。

いただいたコメントから、ほかに観光にかんして一般的な田舎でも通用しそうな提案として、「外国人観光客向けのビジネス」「(外国人を含む)バックパッカー向けのビジネス」のふたつがありました。

北海道は中国や韓国からの観光客が多く、中国人が日本でいちばん行きたい場所であるようです。先日友人とドライブにいった網走の能取岬《のとろみさき》にも中国人観光客が多くいました。中国の映画のロケ地になっていたようです。

また、海外の旅行ガイドに載るような、外国人バックパッカー向けの宿を作る、という提案もありました。

これはぼく自身の経験によるものですが、大学生が国内をバックパッカー旅行するとしたら、まずあてにするのはユースホステルや、ウェブサイトがしっかりしている安宿だと思います。こういったところなら、施設やウェブサイトの範囲である程度対応できるので、個人レベルでも取り組めるような、割と現実味のある方策なのかなと感じました。いかんせん初期投資がかかりますが……。

【さまざまな提案のまとめ】

田舎にかんする問題の最後に、ＩＴ関係・観光関係以外でいただいた、田舎のビジネスにかんする実例や、田舎に対してさまざまな取り組みを行なっている人々を紹介しておこうと思います。

・新規事業コンペ

「地方自治体主催で、地元の人たちに新規事業を考えてもらうコンペをやったらどうか」という提案がありました。やり方次第ではなにかおもしろいことができそうな予感がします。本当に主催者のやり方次第になってきそうなところはあります。

・農業の企業・会社化

ぼくは全然知らなかったのですが、農業の会社化は今どんどん進んでいるんですね。大学でＩＴを活用しているベンチャーのリーダーの講義に出たことがありますが、ＩＴを活用して合理的な農業を行なって利益を出している人たちもいました。田舎にそういった可能性はまだありそうですね。

・コワーキングスペース、仕事分業化

ぼくは「ワークシェアリングをする場所」というイメージをしていたのですが、どちらかというと、「ネットビジネスで起業してる人たちが、各々の仕事しながら意見交換する場所」というイメージのほうが正しそうです。これって、先述したＩＴ関連の話か

ら考えると、田舎じゃむずかしいのでは……？　と思って調べてみると、田舎にも結構そういった活動をしている人がいるようです（長野県伊那市のコワーキングスペース「DEN」、奈良のコワーキングスペース「WAKAKUSA」）。

これってもしかして、先述した「都会で十分なITスキル・リーダースキルを身につけた人が、田舎で意欲的な人を巻き込んで行う」につながるんじゃないか？　と思ったりしています。都会のコワーキングスペースは、ITベンチャー系のスタートアップの人々が集まる場所のようですが、田舎のコワーキングスペースはその形態にこだわらず、地域のいろんな人が集まる場所になればいいのではないか。そこから、一部でもいいから、技術を持った人たちが、地域のアイデアをかたちにして発信できるような場所にできれば、これもなにかおもしろいことができそうな予感がします。

・KNI

廃品回収ビジネス。障害者の方が行なっている仕事ですが、田舎のビジネスとしても1つのかたちであるかもしれません。

・葉っぱビジネス

多くの人がコメントなどで触れていました。田舎の葉っぱを料亭に卸して年商2億6千万円。これも強力なリーダーの存在。

・山崎亮さんが関わっている島根県海士町

前回の記事を書いたとき、内定者の友人に、山崎亮さんの本を紹介してもらいました。ちゃんと読んでみます。また、Facebookで海士町《あまちょう》に住む若者の方にメッセージを頂いたりもしました。人口4000人の島で経済的に様々な実験を行なっている町らしく、大学生のうちに一度行ってみたいと考えています。

ということで、田舎の問題にかんして総括すると、田舎には周りの人たちを巻き込めるようなリーダーが必要。どんな人でも。多くの人が集まってひとつの方向に動くことができれば、きっとなんらかの可能性はあるし、成功例もいくつもある。ということになるかと思います。

ここまで挙げたリーダーのような人たちが、これからどんどん出てくるといいなと思いますし、これを見て「これならできるかも」という人がいれば、ぜひなにか行動に起こしてみてほしいです。

もしかしたら、あなたがリーダー、あるいはファシリテーターになって地域を導けるかもしれません。そうじゃなくて、たとえ自分が周りを巻き込む立場じゃなかったとしても、たとえばクラウドファンディングに興味を持ってみたり、参加するだけでもそういう人たちを応援する力が、確実に田舎を変える力になると思います。

人まかせではなく、ぼくもそういうことにいずれはかかわりたいと思っていますし、今できる範囲のことはなんでもやりたいと思ってはいますが、今はなにもかもなげうって田舎に捧げるというよりも、会社で働くなどしながら、もう少し広く勉強していきたいと考えています。

最後尾から最先端へ。
島根の離島、海士町で見たもの

2012年12月30日

危機に瀕《ひん》し、本気になった人たちが生み出す、底知れぬ知恵とエネルギー。「コミュニティ・デザイン」が持つ可能性。そういったものを、まざまざと感じました。

12月21日から23日まで、島根県は隠岐《おき》、海士町《あまちょう》に行ってきました。

3ヶ月前に拡散された記事、「無職の父と、田舎の未来について。」を見て、ぼくに連絡をくださった方の中に、海士町在住の方がいらっしゃいました。少し調べてみたところ、さまざまな取り組みを行い、多くの若者が移住してくる町であるようです。

ただ、インターネットを探しまわってみても、「さまざまな取り組みを行い、多くの若者が移住してくる町」である、ということ以外にあまりくわしいことはわからず、その理由も判然としませんでした。

みんな遠くてあんまり行けないんだろうなあ。じゃあ時間だけはあるし、ちょっと行って考えてみよう。

ただそれだけのノリで、海士町に行くことを決めました。笑。2泊3日、深夜バスも含めると2泊5日。「こんな時期によく来たね」と会う人会う人に言われ、本当にたくさんの方々にお世話になりました。

ぼくが海士町に行く前に持っていた以下の3つの疑問、

1　海士町には、なぜ多くの若者が住むのか？
2　海士町に多くの若者が移住して、なにがどう変化したのか？
3　海士町で起こっていることは、全国どこでも起こりうることなのか？

に沿って、教えていただいたこと、考えたことを記したいと思います。「地方の衰退」と捉えるか、「本気になるチャンス」と捉えるか。地域活性化に対して、なにか行動を起こす一助になれば、と思います。

◆海士町には、なぜ多くの若者が住むのか？

海士町と切っても切れない言葉が、「Iターン」という言葉。Iターン現象とは、「人口還流現象のひとつ。出身地とは別の地方に移り住む、特に都市部から田舎に移り住むことを指す」（Wikipediaより）。海士町のIターン者数は、ここ7年の延べ人数で310人だそうで。人口2316人（2012年9月）の町にしてはかなりの数字だ、とぼくは思いました。若者といっても、20代〜40代くらいまでが「若者」の括りに入ると思います。リクルートやベネッセ、ソニー、トヨタといった大企業をやめて、Iターンしている方もいらっしゃるようでした。

なぜ、いい大学を出て、大企業に入ったのに、やめてまで人口激減の島に来るのか？その答えは、「Iターンの人」にではなく、「地元の人」にありました。

Iターンの人が増えはじめたのは、話を聞く限りおよそ7年ほど前から。かつては隠岐の島前《どうぜん》（西側の3島）3町村でも、市町村合併の話が持ち上がったそうです。しかし海士町は2番めの大きさの島。合併すると、中心は最大で人口も多い西ノ島になってしまうことは自明であったため、合併を避け、自立の道を進むことになりました。

当然補助金なども下りず、このままだと町は衰退していくばかり。その中で「国の公共事業に頼らずに自立していく」と、町長さんと地元の経営者さんたちが協力体制を組んだことから、海士町の革新的な取り組みが本格的にはじまった、ということを伺いました。今回20人近くのIターンの方々に会わせていただきましたが、ぼくが想像していた、「海士町に来るために海士町の仕事を探した」という人より、「おもしろそうな仕事を見つけたら、海士町での仕事だった」という人が、非常に多かったのが印象的でした。
つまり、「島に若者が入ってくる」のではなく、「島が若者を求めている」ということ。多くのよそ者を受け入れる、ということは、普通の田舎ではまずむずかしいと思います。普通であれば、その分地元の人の仕事がなくなってしまうわけだし、自分たちの生活だって、よそ者に脅《おびや》かされてしまうかもしれません。

しかし、先に述べたように、地元の人たちが本気になっていました。「島の人で解決できないことは、できる人に手伝ってもらおう」という発想で、あくまで島の人々が主体となり、Iターンの人々が島の人々の事業を助けている。そういう風に見えましたし、みなさんそういう認識のようでした。

地元の人々が本気になっている。よそ者の力を借りてでも、自分たちでなんとかしよう、という覚悟。これが、「海士町に多くの若者が住む理由」であると、ぼくは感じました。

◆海士町に多くの若者が移住して、なにがどう変化したのか？

島のみなさんに教えていただいたものを、いくつか紹介させていただきます。

・「高校魅力化プロジェクト」

海士町にある、隠岐島前高校《おきどうぜん》。２年前に入学者数が過去最低の28人となり、廃校検討対象となる21人目前に。島から高校がなくなれば、高校生世代、その親世代が島から丸ごと離れ、Uターン、Iターン者の定住もありえない。島前高校の魅力を増やし、地元でも通えるように。また島外からの「島留学」を誘致し、入学者を増やす。その取り組みの結果、２年で入学者数が倍増、２クラスに。田舎の高校としては非常にまれだと思います。早稲田大学など、名門大学への進学者も出はじめているようです。

これも「高校を残さなきゃ！」という地元の方々の強い思いがあってはじめて、優秀なIターンの方々を呼びこむことができ、入学者数増につながったのだと思います。

・公共事業に頼らない、自立のための収益源（新規事業）の模索

さざえカレー、隠岐牛、岩牡蠣、冷凍食品、塩、お茶。隠岐牛めちゃくちゃうまかったです。めちゃくちゃ。さざえカレーも、サザエの食感がおもしろくて、おいしい。海士町にはいくつもの特産品がありますが、どれもここ数年から十数年の間に作られたものであることがわかります。設備投資を行いながら、しっかりと名物として定着させて

いる。特に名物のないぼくの地元から見るとほんとにすごいと思います。海士町は資金調達が非常に上手だ、というお話を伺いました。

◆海士町で起こっていることは、全国どこでも起こりうることなのか？

ここで書いたような、地元の人々が本気になり、さまざまな革新的な取り組みを重ねている、という状況は、正直、めったに起こりうるものではない。というのが、ぼくが海士町でお話を聞いて持った感想です。これだけIターンの人が多い海士町でさえ、すべての人に受け入れられているわけではなく、「なぜ地元の人でなく、外部の人を雇うのか」という声もないわけではないようです。「2年住んで、やっと名前を覚えて話してくれる」と、Iターンの方がおっしゃっていました。

でもそれはごく当然で「若者を外部から雇う」という考え方が普通はないからだと、ぼくは考えます。日本の大抵の田舎は、今のところ、まだ地域としての体裁は保てているので、公務員をはじめとした雇用を減らすなど、守って削っていても、生活は成立しています。ぼくの地元も然りです。

ただ、ぼくが強く感じたことは、このままだと、「現在恩恵を受けている人しか生き残れない社会になる」ということ。たとえば仕事を失い、恩恵から外れ、窮地に陥った人間の選択肢は、圧倒的に狭まっています。

おかげさまで先日、ぼくの父にも新しい仕事が決まりました。肉体労働ではない、続けられそうな事務系の仕事で、非常に安心しました。しかし、給料は月々やっと10万円に乗る程度。両親合わせても、決して多くはなかった、仕事をやめる前の父の月給にも届かないそう。「選択肢が狭まる」ことの意味が、痛いほどよくわかりました。

仕事をなくした人間でも生きていける社会にするには、「守り続ける」姿勢から、海士町のような今までにないやり方を進んで取る、「攻める」姿勢を取っていくことが必要。ただ「攻める」姿勢を取ることは、海士町の高校存続危機のように、「もうこの自治体の存続が危ぶまれる」というような、自治体の人々が「本気になる」状況に陥らなければ、リスクのある新規事業に手を出すのも、よそ者に手伝ってもらうことも、非常にむずかしい。地元の人間が、「攻める」ことに対して本気になることが必要。その過程で多くの地元の人が参加することになるかもしれないし、若者だって呼べるかもしれない。

では、「存続が危ぶまれる」ような状況でなければ、人々は本気になることはないのか？例えば、似通った志を持つ人でもいいから、地元の人たちの話し合いの場ができれば、それやってみよう、になるかもしれない。参加する人が増えれば増えるほど、アイデアも、できることも増える。ベンチャー企業なんかと同じだと、海士町で強く感じました。

山崎亮さんに代表される、コミュニティ・デザインの話もかかわるかもしれません。

結論として、地域活性化の足がかりとして、地元の人たちで気軽に話し合える場所を作ること、を提案します。例えばぼくの母が作りたいといっていたカフェなども、そういった場になる可能性は十分にあると思います。倉庫の一部を使って休日カフェを作るなど、安価に「話し合いの場」を作ることができる可能性は十分にあるのではないか。最初は休日カフェに過ぎなくても、多くの人が本気になれば、「みんなで協力して、毎日営業できるカフェを作ろう」になるかもしれない。人が集まれば、もっとおもしろいほうに向かうかもしれない。

地元の人たちが本気になる、とは、そういうことなのではないかと思います。多くのしがらみに囚われず、見知らぬ他人の手を借りてでも、やってやろうと思えるか。それができると思えるか。そのためには、知恵とやる気を結集させなければならない、とぼくは思います。

そうは言っても、現実的にはさまざまな問題が存在すると思います。「まず、集まる場所を作る」ための手法を、ぼく自身も勉強していきたいと思いますし、これからもなにか発信していければと思っています。

コミュニティを作りあげること。話し合いの場が作る可能性。海士町で学んだ最も大きなものは、そこにありました。人口2300人あまりの、自立を決意した、最後尾の自治体。その規模と空気だからできる、最先端の取り組み。お金と人が都会に集中し、都会が田舎からお金と人を吸い上げている。今度は逆に、田舎が都会からお金と人を奪い取ってくる番です。田舎の人が本気になれば、それは十分に可能であると、海士町が証明しつつあります。

選挙じゃ世の中は変わらない。先日の選挙などを通して誰もが認識した、既知の事実だと思います。本気になった人たちが、少しずつ、本当に少しずつ世の中を変えていく。「都会でしかおもしろそうな仕事ができなさそう」、そう考えたので、ぼくは都会に行くことにしましたが、「田舎のほうがおもしろい仕事ができる」という時代が訪れつつあることを、海士町で感じました。

全国どこでもおもしろい仕事ができる時代は、すぐそこまで来ているのでしょう。「田舎で幸せに暮らす」ことのハードルは、もっともっと下がらなくてはならないし、もっともっと下がるにちがいない。と確信しています。

ぼくはぼくにできることを、これからもやっていきたいと思います。ほかの田舎の人々が、本気になって、最先端の海士町を追いはじめる。この記事が、そのきっかけのひとつにでもなれればと思います。

ぼくが1年考えた、
「田舎の未来」について

2013年11月10日

すべてのきっかけになったブログを書いてから1年が経つ。先日、お世話になっている大学の先生が開いている小さな会で、お話しさせていただく機会があった。その際、ぼくがこの1年間田舎について見聞きしたことをもとに、考えたことをまとめてみよう、と思った。今まで見てきた事例をたどっていくと、これから田舎が生き残っていくには、大きく「ふたつの道」がある、ということに気づいた。でもそれは結局同じ所に行き着いていて、やはりぼくの考えていた「ひとつの結論」に至った。この1年間のまとめとして、そのことについて記してみたいと思う。

◆道①：ヨソモノの迎え入れ

ひとつ目の道は「ヨソモノを迎え入れる」という道。

今回、その地域出身でない者のことを「ヨソモノ」と呼ぶことにする。たとえば、ぼくが訪れた、島根県の海士町《あまちょう》。地域が一体となって、ヨソモノの力を借りてでも自立することを決めた町。「移住資金の補助」のような、単純な支援だけの地方自治体なら山ほどある。海士町が、そういった普通の地方自治体と大きくちがうところは、「ヨソモノに働いてもらう」ために、働き先と住居を用意しているところだ。

普通の田舎なら、ただでさえ減り続ける雇用を、わざわざヨソモノに譲るようなことはまずしないだろう。しかしこの町は、外から来る人が新たな利益を生み出し、町を活性化させる、ということをよく知っている。自分たちにないスキルを持つヨソモノを迎え入れ、共に新しい価値づくりを目指す、という道。「ヨソモノが支える田舎」という道である、とぼくは考える。

◆道②：コンテンツまちおこし

ふたつ目の道は「コンテンツまちおこし」。

たとえばこの夏話題になった「瀬戸内国際芸術祭」。直島《なおしま》・豊島《てしま》を中心とする瀬戸内海の島々に、無数の芸術作品を設置する試み。ぼくも友人と行ってきた。お盆休み、フェリーは満員で乗れない人も出るなど、非常に混雑していた。元々なにもなかった島が、人であふれかえるようになるんだから、単純にすごいことだ。

それから、「聖地巡礼」。アニメに登場した実在する風景を実際に訪れ、内容を振返り、その場所を確かめる、という行為。元々はオタクからはじまったものとされているが、かなり一般的になってきている。去年の夏にテレビで放映され、今年の夏映画にもなった、埼玉の秩父を舞台とするアニメ「あの日見た花の名前を僕達はまだ知らない。」は、その顕著なものとして話題になっている。ぼくの友人も、何人も行っていた。

これらは、元々なんにもなかった田舎に、都会にあっても注目されるようなコンテンツを絡めたことによってヨソモノの目が向き、お金を掛けてでも行きたいと思うような「消費活動の対象」となったものだ。これは「ヨソモノが求める田舎」という道である、とぼくは考える。

◆ひとつの結論

「ヨソモノが支える田舎」、「ヨソモノが求める田舎」。このふたつの道の先に田舎の未来があるとするならば、その先はひとつにつながっていて、結局田舎の未来は「ヨソモノと共存する田舎」であると考える。

すでに実現している前述の田舎において、ほかの田舎と決定的にちがうところは「ヨソモノを受け入れている」という部分、ただその一点であるとぼくは感じている。

ぼくの地元でもそうだが、たいがいの田舎は、ヨソモノに厳しい。田舎にとって人が増えるということは、その街がにぎやかになる、ということではない。その街の雇用が減る、ということだ。田舎になればなるほど、減り続けるパイを守ろうとする。そして若者はあぶれ、パイが増えている都会に出る。あるいは、都会にはじき出される。そのまま人口は減り続け、伴ってパイも減り続け、やがて立ち行かなくなり、田舎は消滅する。

たとえば海士町の場合は、消滅寸前まで追い込まれたことが、ヨソモノを受け入れる覚悟につながった。たいがいの田舎にとって、ヨソモノを受け入れるには相当の覚悟が必要だろう。ヨソモノを受け入れる田舎になるには、相応の状況に追い込まれなくてはならない。少なくとも、現状においては。

相応の状況でなくても、「ヨソモノを受け入れる」ことが田舎の活性化につながる、ということを多くの人に気づいてもらうには、どうすればよいのか。それは、ぼくのこれからの課題であり、すべての田舎に課せられた直近の課題なのではないか、とぼくは思う。

もちろん、自分たちで暮らすことをあきらめて、消えていく田舎もあるだろう。でも、これから新しい輝きを見せる田舎というのは、そういうところではないかと、ぼくは考えている。そのためには、パワフルなリーダーが田舎に必要なわけだけれども。

◆まず、小さなことから、はじめる

先日4連休をとり、九州の田舎に行った。長崎、佐世保《させぼ》、武雄《たけお》、佐賀、小倉《こくら》、中津《なかつ》、別府《べっぷ》、大分、阿蘇《あそ》、熊本。各地で現地の人からいろいろな話を聞いた。佐世保で会った女子高生に、田舎の女子高生のLINEコミュニケーションについて教えてもらったし、佐賀で立ち寄ったバーで、田舎の41歳のお兄さんお姉さんの実情を教えてもらったし、中津のからあげフェスティバルで地元のコミュニティFMのがんばりを見ることができたし、別府で市立温泉がどんなに憩いの場であるか、ということも教えてもらえた。地方でがんばってる人、それぞれのできることで、活動している人がたくさんいる。

前回も記したとおりのまま、ぼくの母は、やりたいと思っていることはいろいろあるようだが、いまだ動けていない。ぼく自身もそうだ。ぼくにはまだ返さなくてはいけない奨学金があるし、妹も学校に通っている。もちろん、背負っているものがない人など誰もいないだろう。でも、なにかを背負いながらもはじめられることは、きっとあるだろう。身近な仲間を作るとか。身近な仲間と話し合って、休みの日だけでもなにかはじめてみるとか。背負いながらもなにかはじめなくては、なにもはじまらない。と、最近切に思う。

都会から見る、
田舎の未来について

2014年5月12日

2月上旬、会社の同期5人を連れて、土日で北海道のぼくの実家に行った。彼らの出身地は、東京、名古屋、大阪、静岡とさまざま。北海道初上陸の人もいれば、札幌や旭川なら行った、という人もいる。ぼくの地元があるオホーツク海側に来たことがある人はもちろんいない。

そのメンバーで真冬の北海道に行って、気づいたことがいろいろあった。完全にぼくの地元と縁もゆかりもない人から見たぼくの地元は、ぼくでは気づかなかった価値があったようだ。ぼくでは気づけなかった3つのことを記してみようと思う。

1「テレビで見たことある」景色、体験

父に空港まで車で迎えに来てもらい、田舎道を走る。畑に積もった雪はまっさらな雪原になって、なんの足あともなく向こうの山まで続く。その風景を見て友人たちは歓声をあげていた。ぼくは少しおどろいた。こんなの普通の冬の風景じゃないか。

それから友人たちと温泉に入る。露天風呂には雪が積もっていて、降ってくる雪がお湯に溶ける。「テレビで見るけどはじめてだわ」と友人が言う。確かにぼくは慣れてしまっているけれど、子どものころはいつもはしゃいでいた。

ぼくの家に泊まった翌日、網走湖に行ってワカサギ釣りをした。「ぐるナイでやってたよね！」と盛り上がっていた。ぼくもはじめてだった。昼でもマイナス10度。めちゃくちゃ寒かった。でも風は強くなく、2時間ほど寒い寒い言いながら楽しんで釣った。そのあとは網走湖の横で開かれていたちょっとしたお祭りにいった。雪と氷の滑り台があったり、スノーモービルが引っ張る雪上バナナボートがあったり、雪上バギーがあったり。子どもに負けず劣らず楽しんだ。

たぶんこういった、テレビ等で見たことはあるけれど、直接見たことのない風景、体験したことのないこと、というのはすごく楽しめるものなのではないかと思う。実際ぼくもすごく楽しかった。

逆にいうと、ぼくの地元のコスモス畑のような、別にテレビとかで見たことないようなものというのは、なかなか取っ付きにくいものかもしれない、と思った。もちろんテレビに露出することを狙っているんだろうけど、そういうものを作り出さなくても、自然のような「もともとあるもの」を活用する方法もあるのではないだろうか。

2 美味しいものとおばあちゃんのWin-Win関係

行った日の夜は、ぼくの実家と同じ町にある祖父母の家に泊まった。布団と寝るスペースはいっぱいある。1週間ほど前に連絡したら「肉とお寿司用意しとくね」と言われた。ぼくがひとりで帰るときもいつもそうだ。

祖父母の家につくと友人たちは、ばあちゃんが趣味で作って、所狭しと並べられている木工品を見て感嘆の声をあげていた。大照れしながら大喜びするばあちゃん。うれしくて木工品を友人たちにプレゼント。即興の展覧会から生まれるふれあい。

もうすでに焼き肉の用意ができていた。北海道で「焼き肉」といえば、牛豚鳥とジンギスカン。ふだんなかなか食べられないジンギスカンを楽しむぼくら。ジンギスカンを食べ終えてある程度お腹いっぱいになったところで、大量に出てくるお寿司オードブル。こんなに食べられないよばあちゃん。

「北海道ならではの美味しいものが食べたい」と思うぼくらと、孫のお友だちと趣味の話をしたり、おせっかいしたりしたい祖母。なんというWin-Winな関係。田舎のおじいちゃんおばあちゃんはふだんなかなか絡むことのない若い子には、なんらかの関係性が生まれればおせっかいしてあげたいと思うものだろう。「なんらかの関係性」をうまく作ることができれば、おもしろいことができるかも。と思った。そういうシステムを構築することはできるだろうか。

3 田舎の素材と、都会のクリエイティブ

空港からぼくの地元に行く途中にある「北の大地の水族館」という小さな水族館が、この頃テレビで取り上げられたりするなど、話題になっているよう。行ってみたら、たしかにとってもおもしろい。滝つぼの下から見上げるような水槽とか、表面が凍っているのに下で魚が鈍い動きで泳いでいる水槽とか、なかなか大きいドクターフィッシュが一斉に手に寄ってくる体験水槽とか。

その水族館は道の駅「おんねゆ温泉」の敷地内にあって、水族館と道の駅のお土産スペースが直結していた。田舎にありがちな木工品を見て歩く。デザイナーをやっている友人が言った。

「こういうところに都会のクリエイターが入っていけないのかな」

田舎の人が地元産品を用いてなにかを作っても、どうしても「田舎にありがちなもの」になってしまう。

「北の大地の水族館」も、元々は存在感のない小さな淡水水族館だったものに、サンシャイン水族館も手がけているような水族館プロデューサーが携わって、都会のクリエイティブで注目を集めるようになったものだ。

おばあちゃんが木工に取り組むように、田舎には元来ものづくりが好きな人も多かったりする。一方で都会のクリエイターは、わざわざホームセンターまで行って輸入材を探しにいかなきゃいけないし、こういうよい材料を手軽に使ってみたいとも思っている。都会のクリエイティブを田舎に持ち込む重要性。これもそういったシステムをうまく作ることができればおもしろそうだ。

逆に、ちょっと期待外れだったことが2つある。

1　網走で乗れる流氷砕氷船「おーろら」。今回の旅のメインでもあったけれど、流氷が遠ざかってしまって、乗っても流氷は見られないという。今回はあきらめてしまった。天候に左右されるからある程度仕方ないにしろ、流氷が見れないときのような観光客の目的が達成されないときに、どんなおもてなしができるか、って結構大事なのかもしれない。

2　網走でワカサギ釣りをし、海鮮丼を食べたあと、「網走監獄」という刑務所博物館に行った。いわゆるハコモノだろう。広い敷地内の建物を見て回るだけで、ぼくらのような若者にとってはそれほど楽しめるコンテンツでもなく、思ったほどではなかった。手軽な体験を盛り込めば楽しめるんだろうか。脱獄体験みたいな。

ともあれ。田舎で過ごしてきたぼくにとってはなにもないと思っていた、田舎のいろんなポテンシャル、未来の可能性を感じることができました。都会の目線を田舎に持ち込むことができれば、気づくこと、変えられることはまだまだ沢山ある。そう思えた2日間でした。旅自体もとっても楽しかったです。友人たち、泊めてくれた祖父母、あちこち連れてってくれた父に感謝です。

前回「下宿をやりたい」と言っていた母から、「下宿にできそうな大きさの物件を見つけた」と連絡が来た。見に行った翌日訪ねてみると「古過ぎたし、部屋が全部つながってたからむずかしそう」とのことだった。下宿をするならするでまたむずかしい条件がありそうだ。

それ以来ぼくも、初期投資をどこかから受ける方法についてずっと考えている。たとえば「高校生のためです！」って言って町の中でお金集めて回ることもできなくもないんだろうけど、町の外からお金を引っ張ってくる方法はないもんだろうか。

「なにかやらなきゃはじまらない」とは前回の記事にも書いたし、常々そう思っているけれども、「はじめるタイミング」はきっとあるんだろうと思う。タイミングを近づけるために、仲間を集める必要がある。田舎と都会をつなげる方法も、仲間を集める方法も、毎日考えて動いていきたい。

ステッカーを作って考えた、田舎におけるシンボルについて

2014年12月1日

◆自分の出身地が伝わらないことに本当にやきもきしていた

「北海道の遠軽町《えんがるちょう》出身です」

嘘とか冗談ではなく、紛れもない事実の話なのだが、そんなことを言うと大抵の人に聞き返される。

「え？　ベンガル？　エンガル？」

「えーっと、これでいうとどの辺？（ひし形を作りながら）」

「あー……ごめん、札幌と小樽と旭川と函館しか行ったことないんだよね」

という答えがおよそ8割を占める。北海道出身の人ですら知らなかったりする。社会人ともなると、初対面の人に聞きやすいことベスト3にはまちがいなく入ってくる出身地の話。社会人になって1年と数ヶ月の間、会う人会う人に「どこそれ？」と言われ続けたぼくは、さすがに我慢ならなくなっておりました。

そんなとき、とあるインスピレーションが降りてきたのです。

◆スケール大きめのステッカーを作った

飲み会なんかでは、Google mapを使って遠軽町の位置を示すことが多かった。リアクションがおもしろい。大体みんなおどろいてくれる。

ぼくは次第に、この「予想もしてないところにピンが立ってる画」が、大抵の人にとっておどろきに値する、ということに気づきはじめた。それがぼくの中でずっとどっかに引っかかっていた。

そんななか、友人と渋谷のFabCafeに遊びに行ったとき、レーザーカッター体験をした。iPadに書いた絵を、レーザーカッターを使ってコルクに模様を描き、絵の形に切ってくれる、というもの。

そこでぼくは、インスピレーションにまかせてこの模様を書いた。

レーザーカッターで出力される見覚えのある形。"ENGARU WORLD STANDARD"という謎メッセージ。

ずっとどっかに引っかかっていたアレである。言葉も思いつきである。とりあえずスケールだけ「世界基準」。大きく出てみた。これがどうもしっくりきた。家に帰って、画像検索で北海道の形をひっぱってきて、Photoshopでラフに作ってみた。自家製ステッカーシートもあったから印刷して作ってみた。パソコンに貼ってみた。

◆ぼくの周りや北海道出身者には、けっこうウケがよかった

すごいしっくりきたから自力で量産してみた。自分で作るとけっこう手間がかかることに気づいたので、ステッカー屋さんに発注もしてみた。そしたらちょっとイメージとちがう感じになってしまった。ウェブ発注はむずかしい。

とりあえずFacebookで公開してみた。「いいね！」めっちゃもらえた。調子に乗って、簡易なウェブショップ作成サイトBASEでショップを作成して、ステッカーを売ってみた。友だちに配ってみた。けっこう反応がいい。デザイナーの友だちに「フォントがいい」ってほめられた。これ、けっこうたのしい!!

発注先を変えて、デザインも改良を加えて、現在こんな感じのデザインになっている。ちょっとパキッとした。

特に地元の友だちを含む、「ぼくが遠軽町出身であることを知っている人」（それをネタにしていることを知っている人）とか、「遠軽町がどこにあるか知っている人」にウケがよかった。

遠軽町がどこか知らない人や、ぼくが遠軽町出身だというネタを使ったことがない人には、さすがにこれを見せながら「ぼくここ出身なんです」とか言ってみても、「え、あ、

ENGARU
WORLD
STANDARD

うん、そうなんだー」のような反応しかもらえない。

◆わかりやすいビジュアルで示すと、共通のイメージが描ける

これを作って感じたことは、集団や個人を象徴するような「わかりやすいビジュアル」を示すことで、そのビジュアルを見た人に「共通のイメージ」を印象づけることができ、そのイメージが集団や個人のシンボルとなりうる、ということ。

少なくともぼくの周りには、このビジュアルがそれなりに浸透しつつあって、「これ貼ってたら『これなんなの、おもしろいね』ってツッコまれた」なんて話もたまに聞く。「このエンガルって町出身の人がいて〜」みたいな話がぼくの知らないところで起こっていると思うと、とてもわくわくする。そのとき、ステッカーはぼくのシンボルとして扱われている。そのステッカーが遠軽町にもっと流通して、遠軽町の人やその周りにこの「イメージ」が流通するようになれば、これは「遠軽町のシンボル」になるんじゃないか。そのとき、なにか新しいことが起こるんじゃないか。

と、なんとなく、ぼくは考えている。

◆使い方を考えながら、積極的にばらまいていきたい

このステッカーをとおして、遠軽町出身の人と出会えるようなことも出てきている。コミュニケーションツール。このステッカーで世界を変える！ とか言えるような、すぐにうまくいくもんでもないと思うし、これがなにかの仕事に結びつくとも、現時点ではとても思えない。

でもこのステッカーをとおして一気に世界が広がった感じがしているし、このステッカーがもうちょっと自分を、今の世界の外側に引っ張ってくれそうな気もしている。あらゆる仕事が人間関係からはじまることを考えると、ステッカーで人間関係が広がることで、仕事につながる可能性は十分にありそう。

こういった活動から、地元のものを使ったクリエイティブ活動につながっていけば、前号で書いた「町の外からお金を引っ張ってくる方法」にもつながるかもしれない。今はこのTシャツを作りたくて、母を一生懸命に「Tシャツに自力でプリントする方法とかネットで調べて、Tシャツ自作はじめたらどう」と焚き付けている。なかなか火はつかないようす。

続けていくと、いずれどこかでなにかが起こる気がする。本当にWORLD STANDARD

になるような、大きな仕事につながる日は来るだろうか。このステッカーは継続的に、友人や知り合いの方、そうでない方にも積極的にばらまいていきたい。

イベントを実施して考えた、田舎に埋もれる資産について

2015年5月7日

◆自分の地元が「なにもない」としか言えないことが悔しかった

前回の記事では、ぼくの地元である北海道遠軽町《えんがるちょう》が、名前も場所もあまりに知られていないことに腹を立て、「いやむしろ遠軽が世界の中心だわ！」と逆ギレの主張をするステッカーを作って配ったり売ったりした。

しかしこのステッカーを渡した次の瞬間に言われることは、ほぼ決まっている。

「ふーん、端っこだね。で、なにがあるの？」

なにもないのだ。「世界基準」というほどには。日本という単位で特色のあるものは、大きな病院と自衛隊駐屯地しかない。

名前と場所をはっきり表しても、語る中身がない。名前も場所も知られてないよりは進歩しているけれど、だんだん悔しくなってきたので自分で語れる「遠軽町」を探してみることにした。

◆遠軽町のIターン農家「えづらファーム」さんと出会った

去年の夏前ごろ、遠軽町にIターンして農家をしている若いご夫婦がいることを知った。Facebookで誰かの「いいね！」として出てきたのがきっかけだった。

「こんな方がいるのか」と思ってとっても興味を持ち、お盆に帰省したタイミングで（急に）連絡を取り、（大変失礼ながら急に）お伺いすることになった。

同じ町内とはいえ、ぼくの実家のある旧遠軽町から、えづらファームさんのある旧白滝村は40㎞離れている。レンタカーを走らせ、大自然の中のお家におじゃました。

とっても素敵なご夫婦で、こんな方が遠軽にいるなんて知らなかった。遠軽町には農業研修で訪れて、そのまま研修先の農家さんを借金して買い取って引き継いだとのことだった。30歳で脱サラして北海道に農業研修に来てしまうのも、北海道の山奥で暮らしていることも、終始「すごい」と思っていた。

それまで「なんかやらなきゃ」という気持ちだけが先走り、特になにもできていなかったぼくだったが、地元にあるものを紹介することならできると思った。

じゃがいもの収穫期、「ネットで販売開始します！」という江面さんのFacebook投稿を見て、1箱購入。会社宛に配送してもらい、ステッカーと一緒にまわりの人に配ってみた。かなり好評だった。配ってみてはじめて、じゃがいもが嫌いな人はめったにいないし、じゃがいもが好きな人が意外と多いということも知った。

「遠軽町白滝産のじゃがいもを東京で売るには、どうしたらいいのだろう」

自然とそういうことを考えるようになった。

ただじゃがいもを売るにしても、ぼくらのような東京在住の20代前半なんてめったに料理はしない。なら、食べられる状態で売るとか、そういうことなんだろうか。と考えていた。

◆田舎×音楽のイベントをやろう

全く話は変わるが、ぼくはとある音楽イベントのお手伝いをしている。月に1度、ライブハウスでオールナイトで開催されるロックDJイベント。流れる音楽はもちろんのこと、なんだかそういう空間がすごく楽しかった。DJもやってみたいけどやる機会がないから、自分でやる機会を作ろうと思っていた。

そのことと、じゃがいもを売ることを同じタイミングで考えていると、あるひとつの結論に辿り着いた。

「じゃがいもを食べる会とDJイベント、もう一緒にやってしまったらよいのでは」

この話を、以前住んでいた六本木の近所にあったバー、Blues Dog Cafeの店長タカさん（札幌出身のバンドマン）に相談すると、「それいいじゃん！　うちでやろうよ！」

と快く受け入れて下さった。地味に会場をいろいろ探していたが、都内、とくに山手線内はどこもイベントをやるにはお金がかかりすぎるため、座礁しかけていたところだった。神かと思った。

こうして2014年12月13日土曜日に「田舎×音楽」のイベント【ENGARU】の開催が決まったのだった。

第1回のテーマはもちろん“potato”。えづらファームさんから18kgものじゃがいもをご提供いただき、バーの方にじゃがいも料理をいくつも作ってもらった。素材も料理も抜群でどれも絶品だった。会社の同期にめっちゃ手伝ってもらったりして、20人入ったらいっぱいなバーに5時間で40人弱の方にお越しいただき、じゃがいもも18kg完食。おかげさまで大盛況に終わった。

◆「紹介するために自分で探る・自分が知る」ことの重要性

今回のイベント開催でぼくが学んだ大きな価値は、イベントの運営の仕方やそこで生じるやりとりや作業のノウハウはもちろんだけれど、当初すごくもやもやを感じていた「地元になにもない」ということに対して、「実はこんな人がいて、こんなものがある」

ということをぼく自身が知れたことにあると思う。

一度そういう人やものを探してみると、だんだん嗅覚がついてくる気がするし、田舎であたらしい取り組みをしている人たちは、その方々同士で割とつながっていたりすることに気づく。一度実施するとつながりが大きく広がった気がするし、たとえば協力してくださる地元の方や、イベントに来てくれるお客さん同士の間でもつながりが広がったりする。

自分でも知らなかった地元のよさを発掘できれば、恥ずかしがらずに地元のよさを話すことができるし、もっと地元に誇りを持てる。遠軽町に限らず、きっとどこにでもおもしろい人は潜んでいる。もっとたくさんの人が、自分の地元のいいところを見つけ出すアクションができれば、実はもっともっとおもしろいものが出てくるかもしれない。そういう世の中になっていくと、「地域創生」も自分ゴトになっていくように思う。

◆継続的に、きっかけを作り出す

このENGARU、2015年3月に第2回を実施した。第2回のテーマは“woodwork”。いわゆる木工品だ。こちらも遠軽町の木工小物作家「ハナノ工場」さんにご参加いただいたり、ご挨拶と取材を兼ねた強行遠軽町ツアーに帯同してくれた強心臓大学生の佐藤くんにプレゼンしてもらったりなど、多くの方にご協力いただいてまた大盛況に終わった。

正直言って全然儲かりはしないし、第2回のENGARUはちょっと赤字になってしまったけれど、それも含めてたくさんのきっかけが生まれたことはまちがいない。

田舎のビジネスには、圧倒的にきっかけが足りていないように思う。都会の人とのつながりがないし、若い人とのつながりもない。そういうきっかけを作り出すことがきっと今必要で、それはどんな若者の力でもなにかしら作り出せるものであることはまちがいない。これまでの2回の実施では、きっかけをたくさん生み出すことができているので、どこまでネタが続くかわからないけれど、地元の素敵なものをたくさん探しながら継続的に実施していけたらと思う。

さまざまな事情があって4月から岐阜に引っ越すことになったけど、なんとか東京で続けていけたらいいなあ。このイベントをやりはじめてから、自分で「これをやってる」って言えるようになってきたことがうれしいし、やっとちゃんと動きはじめた気がしている。

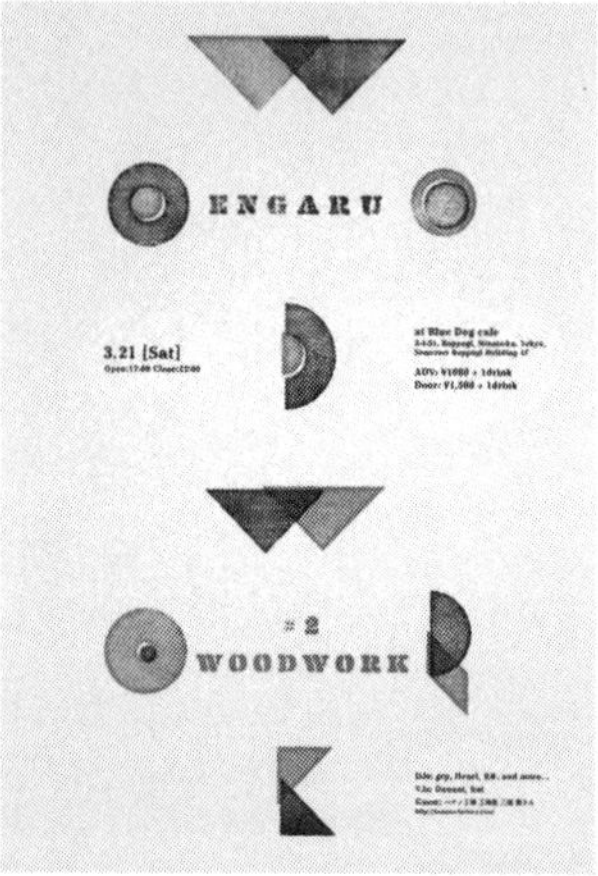

ENGARU #2 woodwork フライヤー

ENGARU #1 potato フライヤー

都会と田舎の家と仕事、
その未来について

2015年11月25日

北海道の片田舎に暮らしていた子どもの頃、家がすごく嫌いだった。自転車で10分ほど離れた祖父母の家にずっといた。家では落ち着けなかったけど、祖父母の家ならいくらでものんびりできた。社会人の頃、家は基本的に寝る場所でしかなかった。休日でも家にいることはめったになかったけれど、遊び相手は家が近い同期であることが多かった。

今年の3月いっぱいで、新卒から丸2年働いた東京の広告代理店をやめた。そして春から、岐阜県大垣市にある「情報科学芸術大学院大学（IAMAS）」という、一風変わった大学院に行くことになった。いろいろと理由やタイミングが重なっているのだが、ざっくりまとめると「自分の進みたい方向に向かうとすれば、1回ちゃんと勉強したほうがいいかもしれない」と感じたからだ。

社会人から学生に戻って半年経った今、制作作業などで学校で夜を明かすことも増え、家と学校の区別がつかなくなっている。それはそれで集中力が上がりきらず、やや効率が悪い感じがある。

最近、家とはなんなのだろうか、とよく考える。今年の春に大学院に入ってから、考える時間が一気に増えたので、あれやこれやと考え続けるようになった。時間を使って考えるだけが生産的なのかはわからないけれど、今回は今まで考えてきたことを交えて書いていきたい。

◆「家」は必要なのか?

少し前にはノマドが流行った。最近はテレワーキングのような、遠距離で仕事を行うシステムも軌道にのりつつある。仕事は場所を選ばずに行うことができるようになってきているけれども、住むこと、暮らすことは場所を選ばずに行うことができるようになるだろうか?

インターネット、およびeコマースや物流などが発達した現在、生活における多くの活動はインターネットをつうじて行うことが可能だ(と我々は考えがちである)。日本あるいは世界のどこに住んでいても、Amazonや楽天でふだん食べるものを家まで届けてもらうことができるし、着るものも今やインターネットで買うことの方が多い人もいる。インターネットのおかげで、コミュニケーションの範囲が住む地域に依存しなくなった(ように見える)のは言うまでもない。

かつては地域に強いつながりがある時代もあっただろうけれども、20代半ばの我々のような、ギリギリデジタルネイティブといえるくらいの世代、あるいはさらに下の本格的なデジタルネイティブの世代では、近所の人よりもインターネットでかかわる人たちのほうが絆が深い場合も多々あるだろう。そんなぼくたちにとっては、住む地域の議会議員を選ぶことより、よく使うサービスの運営者にTwitterで改善要望のリプライを飛ばすことのほうが、直接的に自分たちの生活の改善につながるかもしれないし、相対的に重要かもしれない。

月3万円の電車乗り放題パスを使って電車で暮らしている、ドイツの大学院生がいるそうだ。「大家に嫌気がさしたから」という。もちろんそういうパスがあるとか、車内にシャワーがあるとかのドイツ交通事情もあるけれど、もしかしたらぼくたちには、家なんて必要ないのかもしれない。

（参考：http://news.livedoor.com/article/detail/10523694/）

◆インターネットに住むことは可能か？

たとえばインターネット回線から水や電気が供給され、インターネットをつうじて排水やゴミを捨てられるようになれば、住む場所は完全にどこでもよくなる。そうなるともはや住民票は地域ではなくインターネット上、インターネット回線のサーバーなどに置くことになるのかもしれない。日本国インターネット特別市。市長は家入一真氏だろうか。

しかし結局生活する上で、上下水道や電気やゴミ処理などの生活インフラは、住む場所に依存するところが圧倒的に大きい。インターネット回線から水や電気が出ることも、勝手にすべてのゴミを処理してくれるシステムも、おそらく今後数十年ではありえないだろう。

そしてコミュニケーションの範囲についても、住む地域に依存しなくなったようにも思われがちだが、SNSやメールなど、現状のインターネットをつうじたコミュニケーションは、実際にはふだんから顔を突き合わせる人とのコミュニケーションの延長でしかない。会ったことのない人とコミュニケーションが続くということは、Twitterのヘビーユーザーなど一部の人にはよく起こっているが、実際にはあまり起こりえないだろう。特にインターネットが、特定の趣味で集合する傾向から、完全に万人に開かれたものになった現在、かつてのオフ会などもめったに開かれなくなってきているのが実感としてある。インターネットは完全に、現実と地続きになってきた。それはインターネットと現実を切り離すのがむずかしくなってきたということでもある。

◆彼女の家に行ったら僧侶兼常務取締役が決まりそうな話

シルバーウィーク、彼女の実家に遊びに行った。彼女の実家はそこそこ都会にあるお寺だ。彼女は男兄弟がいないけれど、家族代々のお寺ではないので継ぐ必要はないし、もし彼女のお父さんがお坊さんをやめても、別のお坊さんが入ってくる。でも彼女のおばあちゃんには「お坊さんになるのかい？」と言われた。なるかどうかは別として、檀家さんが多いところなら、金銭的な生活苦になることはなさそうだ。

彼女の親戚のお家にもお伺いした。叔父さんはとある企業の社長さんだった。大変そうだが、今のところは業績も悪くないようだ。「常務取締役だったらいつでも言うて！」とのことだった。あまりにも普通に言われたので、まじかよ、と思った。

ぼくの実家はただの会社員だし、親戚もかなり少ない。親族関係だけで仕事が決まるなんてことがありえるのか、とただただおどろきだった。でも冷静に考えれば、少し構造はちがうけれど、広告会社にいたときもそういう話はよく聞いた。客観的に見てみればただのコネだ。でも主観的に見れば、信用できる人に会社を託したいというのはあるだろう。大抵の人は、他人より家族の方が信用できるはずだ。

ぼくの地元の北海道は、そもそも町として100年強の歴史しかないので、長い歴史を持つ会社なんてそう多くないし、「長い歴史を受け継ぐ」という感覚が非常に薄い。そのうえどんどん人がいなくなるから経営も芳しくないところが多く、わざわざ継げとも言わない人も多い。しかし本州のある程度の都会では、家も仕事も長い歴史があり、今後も続いていく。ごく当然のように。そういう点で、家で仕事が決まるというのは、ぼくにとって一種のカルチャーショックだった。

◆本州と北海道の「家と仕事」

本州は家も仕事も脈々と受け継がれているが、北海道の家や仕事はどれも数十年前に新たにはじまり、今ひとつのサイクルを終えようとしている。

本州のように脈々と家や仕事が続くには、どうしたらいいのだろう。

たとえばぼくが今住む岐阜県は、お祭りがとっても多い。春は毎週どこかしらでお祭りをやっているし、夏は3日3晩踊り続ける盆踊りなんかもある。その地域の盆踊りだけで、曲が10曲近くあるらしい。100年以上続く集落のお祭りは、神話なんかを元にしているものが多い。仕事にかんしては、これも岐阜県は刃物だったり焼き物だったり、500年以上続くような伝統工芸が数多くある。また江戸時代、それより前から続く家系図なんかも、本州の家には探せば割とあるらしい。

集落や家や仕事が脈々と続くには、そういった神話だったり、伝統的な技術だったり、人と人とのつながりだったりするかもしれないけれど、なにか大事なものを守っていくということが必要だろう。北海道だとなにに当たるんだろうか。

そう考えると、北海道は100年前に一度アイヌの歴史を滅ぼしてしまっているので、たかだか100年の歴史しかない。北海道の伝統は、これから新たに作らなくてはいけない。インターネットですぐ裏取りができる時代、神話なんて、これから作れるものではないだろう。文化を残していくことの重要性は、100年経ってはじめてわかるものなのかもしれない。

◆田舎の「家と仕事」の未来

すごく普通の話だけれど、よい家に住んでよい仕事をしたい。それは都会でしかできないことなのだろうか？　田舎ではできないことなんだろうか？

よい家の定義は人によるだろうけれど、ぼくは金銭的な意味でいい家じゃなくていい。自分で納得できる暮らしができる家であればいい。そして給料が高い仕事じゃなくていい。自分で納得できるように人の役に立ち、必要なだけのお金を得て、よい時間の使い方ができればそれでいい。いろんな事情を知らないゆえの、ただの理想論な考えかもしれないけれど、ぼくの理想とする暮らし、言い換えると理想の「家と仕事」は田舎にあるような気がする。

東京大学名誉教授で、ノーベル経済学賞の有力候補とされながら昨年亡くなった経済学者、宇沢弘文氏の『社会的共通資本』という本を読んだ。自然、社会インフラ、社会制度を「社会的共通資本」としてくくり、それらを市場と切り離してそれぞれを専門家集団が保証し、その上に市場があるべき、という「制度主義」という社会のありかたを掲げた本。

「資本主義の考えでいけば、都会で暮らすのが最も経済的合理性があるが、経済的合理性だけを優先した社会、暮らしは本当に豊かだろうか？」

経済的合理性を考えれば、田舎より都会のほうがお金になる仕事は多いに決まってる。今の時代の日本で田舎に住む意味なんて、もはや存在しないのかもしれない。「田舎で働いて生きる方法はないのか？」ということを書いたブログがバズったときに、さんざんそういう言葉を浴びせられた。「田舎に住むことなんてただの贅沢だ」とまで言われた。でもぼくが田舎に住みたい理由は、贅沢したいからではない。かといって、家と仕事を引き継ぎたいからでもない。ぼくは初孫だから、父方の祖父からは「跡継ぎだ」と言われているらしいが、なんの跡を継げばいいのかはよくわからない。

でも単純に、経済的合理性だけを追い求めるのが幸せとは思えない感覚があるし、特に根拠はないが、その感覚は日本人、日本のコミュニティに特に強くあるものなのではないか、とも思っている。そういうのを「田舎者感覚」と呼ぶのかもしれない。

田舎の未来は、経済的合理性とはちがう部分で、ぼくら日本人の、日本のコミュニティの暮らしを本当に豊かにしてくれるものを発見できるか、世の中の人にどれだけ魅力的に提示できるか、それによってどう仲間を増やしていけるか、ということで決まってくるのではないかと、個人的に思う。

そういう家や仕事がどんどん増えつつあると思うけれど、それをどう北海道でやって、どう根付かせていくことができるだろう。この半年、もう考えるのはとことんやったので、どんどん活動に軸足を移していきたいです！

さとり世代の将来の夢と、「仕事」を疑うことについて

2016年5月10日

◆田舎の足の引っ張り合いと「消費者根性」

2年勤めた広告会社をやめて、大学院に入り、1年が過ぎた。いろいろとおもしろそうなネタに浮気しながらも、ぼくは飽きずに田舎のことをやっている。今は故郷の北海道遠軽町《えんがるちょう》に帰ってきていて、研究としてまとめるための調査と取材を進めている。

遠軽町は、遠軽厚生病院の産婦人科が昨年廃止されたのをはじめ、さまざまな機関や事業においてじわじわと縮小が続いている。それに対して町ができることは、本当にセンスのない広告に貴重なお金をばらまくくらい。ぼくが帰ってきて、いろんな方と話していて感じる最も大きな問題は、遠軽町の住民に「住民はサービスを受ける側である」という思い、言わば「消費者根性」が染み付いていることにあるのではないか、ということだ。

「なにかやりたい」とは言いながら、じゃあこういうことしたら、というと、テレビを見ながら「仕事忙しくてできないのよね……」とぼやいてゴロ寝しているだけのぼくの母を見ていて思うことは、「なにも自分で生産したことのない人が、ゼロからなにかをはじめるのは非常にむずかしい」ということ。そして特に遠軽のような、中途半端に人口が多い田舎では、なにか新しいことをはじめようとしても「迷惑をかけないでほしい」

という思いが先行して足の引っ張り合いをしていて、周りになにを言われてもやりとおせる強さがないと、都会よりもずっと、ゼロからはじめるのがむずかしいように感じる。これもきっと「わたしたちはサービスを受ける側である」という意識から生まれる足の引っ張り合いなのではないかとぼくは感じている。北海道の開拓時代からたった100年。「みんなが生活を作る構成員」であったはずの100年前からみると、ずっと物質的には豊かになったのかもしれない。しかしその時代とは真逆の「お金を払えばモノやサービスを無条件で得られる」だけなのが本当に豊かな社会なのか、ということには強い疑問が残る。これらの問題が絡み合い、遠軽はお互いに足を引っ張り合って少しずつ衰退している。ほかの地域でも近い状態のところはきっと少なくないだろう。

ぼくの考える解決策は、住民に染み付いている「消費者根性」を取り除くことだ。そのために重要なことは、小さなことでもはじめようとしている、また実際にはじめている人たちが、軌道に乗るまで周りに潰されないこと。そこでぼくは、そのような地域で意志のあるごく少数のクリエイターたちが、地域の外部とかかわり合い、地域でうまく伸ばし合うことで、地域の外までしっかりと届き、結果として地域に価値をためていくようなシステムを、広い意味での「メディア」を作りたい、大学院の残り1年で少なくともその取っ掛かりを作りたい、と思っている。今回の調査と取材は、その下調べとして「意志のあるごく少数のクリエイターたち」を訪ねて回っているものだ。

◆プラットフォームを疑い、自分たちで「居場所」を作る

そんな調査の日々の中で、遠軽町に住むとある方に「あなたの将来の夢は？」と聞かれて、返答に困ってしまった。故郷に帰ってきて調査を進めているが、どれだけ田舎のことを深く知っても、近い将来自分が田舎に住む姿は、正直あまり想像できない。かといって、東京に何年も住み続けて暮らしを作っていく姿も想像できない。将来の自分の理想の姿が全く思い浮かばないのだ。ぼくたちは、少なくともぼくは、ただ「できるだけ不安が少なく、できるだけ愉快に暮らしたい」という、ただそれだけのことを、ずっと願いながら暮らしている。でもぼくは根が悲観主義者なので、大げさでなく、いつかはぼくらは大きな戦争に巻き込まれるだろうし、いつかはぼくらも命を奪い合う争いのコマとなる日が来るのだろう、とも思っている。

どうすればぼくたちは、少しでも長く、不安が少なく、愉快に暮らすことができるのだろう？

いい学校を卒業したら、終身雇用のいい会社でそこそこ働いて、いいところに住んで、いい生活をする。そんなものがもう幻想だというのは、「失われた20年」に生まれ育ったぼくたちはよくわかっている。15年前にマンチェスター・ユナイテッドの胸スポンサーに輝いていた日本のある企業は、今や台湾の会社でさえ買収をためらうようになった。そんな時代の中でぼくたちができることは、立派な会社の誰かでも、テレビの向こうの誰かでもない、ただ目の前にいる仲間たちと一緒に「居場所を作り合っていく」ということなのではないかと思う。ぼくたちのための「居場所」は、ぼくたち自身が作っていかなくてはならないのではないかと思う。そしてその「居場所」を作る力、「居場所」を守る力をつけることが、これからの時代を生きるぼくたちにとって必要な力なのではないかと思う。

しかしその「居場所」を作ること、守ることは、従来の意味での「仕事」にはなりにくい。なぜならぼくたちはみんなお金を持っていないから、お互いのためになる活動に、代金としてのお金を払えない。でも、お金を稼げない活動が「仕事」じゃないなんて、誰が決めたんだろう？　もしかしたら、お金のやりとりがなくても「仕事」が成り立つようにしてしまえばいいのかもしれない。例えば、物々交換のルールを作ってしまえばいいのかもしれない。お金がないのなら、ぼくたちのためのお金を作ってしまえばいいのかもしれない。学校に進むのにお金が必要なら、お金を払わなくていい学校を作ってしまえばいいのかもしれない。どこの街に行ってもぼくたちを縛りつける大人しかいないのなら、ぼくたちで街を作ってしまえばいいのかもしれない。この国の政治が腐りきってしまっているのなら、ぼくたちで国を作ってしまえばいいのかもしれない。今の日本のプラットフォームはたった70年前に作られたものだ。今ぼくたちが「当たり前」だと思っていることは、もしかしたらなにひとつ、全く「当たり前」ではないのかもしれない。

大学院1年目のまとめとしてぼくは「あらゆる手段を用いて、身の回りの問題解決を実行する」というタイトルで発表を行った。

ひとことでまとめるとこの発表は、「ぼくらの置かれている状況は逆境でしかないが、それでも周りの人とできることからやっていくしかないし、それがきっと状況を変えるほど大きなことをやることにつながるはず」という内容だ。

この1年間、プログラミングと表現の勉強をしたり、音楽イベントの企画をしたり、ＩｏＴプロダクトのプロトタイプを作ってみたりなど、自分が大学院に入ってやりたかったことに片っ端から取り組み、それなりの手応えは得た。ごく身近な友人たちはイベントの運営や参加を手伝ってくれたり、わからないことを教えてくれたりするし、少し離れた人でもSNSで「いいね！」をくれる。安易に承認を得ることができるのは、ある意味幸せなことではある。しかしやればやるほど、世の中は広く、自分が少しがんばったくらいでは到底太刀打ちできない大きなものがたくさんあることがわかった。SNS上では、世界一の技術を持つ人と、ちょっとやったくらいで比較のレベルにもならない自分が同列に並んでしまう時代である。ライゾマティクスが10年かけて達したレベルのものと、始めて何週間かの個人の創作が横並びになってしまう。当然簡単なことではないとわかっていても、「比較的大したことない」レベルから抜け出すまでにはかなりの継続が要る。ごく当たり前のことかもしれないが、実際にやってみてその壁の大きさに気が付き、この1年で何度も壁にぶつかり、何度も絶望し、なにをしても無駄かもしれない、という気持ちになった。これはぼくの周りの友人の様子を見たり、意見を交わしたりすると、現代の若者の多くがぶつかっている壁であるようにも思う。しかしこのままなにもしないでいると、自分が望む状況が勝手にやってくることはない、ということだけは確かであり、そのためにできることは「小さなことからはじめて、周りを巻き込み、仲間を増やしていく」しかないことに気がついた。そんな1年間感じたことのすべてと、さまざまな方面の先人たちの言葉を参考にして発表をまとめている。

ぼくたちは、特別がんばらなくても生きていけるけれど、特別がんばることも許されないような絶望の中で生きている。でも、特別がんばらなくてもぼくらは幸せに生きていけるというこの国の幻想は、２０１１年3月11日に脆《もろ》くも流されていった。それならばぼくたちは、いつ流されてもおかしくないぼくらの足元と向き合いながら、自分が生き、目の前の人が生き、その結果みんなが生きられるように、目の前の問題をひとつひとつ解決しながら、仲間を増やして生きていくしかない。これはぼくがこの先、5年10年生きていく中での確かな指針となる、ぼくの意志であり、宣言だ。これからの1年はひとつ研究をして、論文にまとめていく。そのために、ここ北海道で調査を進めている。いつか大きなものがやってきたときに、大人たちと一緒に流されてしまわないために。ぼくたちがあともう少しだけでも、できるだけ不安なく、できるだけ愉快に暮らせる「居場所」を作るために。いつかぼくたちが大きなものに飲み込まれたとしても、ぼくたちの子どもたちだけでも幸せに暮らしていけるように。

25歳になった。「将来の夢」についてしばらく考えた。将来やりたいことなんてない。

インターネットで世界中の超人たちと隣り合わせになる時代、なにもかもがぼくたちにしかできないことであり、ぼくたちにしかできないことなんてなにひとつない。その現実を毎日嫌というほど突き付けられるぼくたちに、「オンリーワンの夢を持て」などという言葉が届くはずがない。ただ、人と同じくらいでいいから、まっとうに、愉快に生きていければいい。そのために、大きなものから「居場所」を守る力だけは、しっかりとつけたい。ぼくたちの思いはただそれだけだ。こういうのを「さとり世代」と言うのかもしれないが、ぼくらが夢を見なくなったんじゃない。ぼくらが夢を見られなくしたのはあんたたちだ。はるか遠くの理想を見つめて考えながら、目の前の人たちとあくまで現実的に生きる。夢なんかなくても、強い意志を持って生きる。それだけが、更なる絶望に向かうこの国を、小さな力で支えていかなくてはいけないぼくたちに残された、おそらく唯一の生きる道だとぼくは思う。まずはこの1年後悔しないように、一歩ずつしっかりと進んでいく。

Youtube「あらゆる手段を用いて、身の回りの問題解決を実行する」(8分24秒)

文化のための「食っていく」コストと、プラットフォームについて

2016年11月29日

◆スネをかじりながらやってること

親のスネ以外にかじりつくためには、大学院を卒業し、無事に労働しなくてはならない。

大学院を卒業するための、そしてなにより自分のための修士研究として、ぼくは「オホーツク島《とう》」というウェブサイトを作った。今はこのウェブサイトを作っていくことに全力を注いでいる。「オホーツク」というのは、ぼくの故郷である北海道オホーツク海側地域のことだ。

このサイトのコンセプトは「オホーツクにまつわる新しい活動を、うながし、つくり、つたえる」。オホーツクにまつわる新しい取り組みをする方々に話を聞いて、その取り組みを応援し、さらに新たな取り組みを作っていくことを目指しているメディアだ。若い人が少ないまちで、ファッションや地元のカッコいいお店を紹介する若者向けのメディアを運営している人や、オホーツク出身で行政や音楽など日本の最前線で活動している人、地元に帰ってきて家業の木材加工業を継ごうとしている人など、それぞれの立場から自分の活動とオホーツクへの思いを聞き出して、記事としてまとめている。

実際には「オホーツク島」という島は存在しないが、あえて「島」としている。札幌などの栄えている場所と地続きであるからこそ、地域が衰退している感覚がないのかもしれないが、もしこの地域が「島」だとしたら、気づく現実がもっとたくさんあるのではないか。それは「衰退している」という悪いことばかりではなく、「島」の未来を見据えて活動するプレイヤーの姿も見ることができるのではないか。そういう思いを「島」に込めている。

なぜぼくがこのメディアを作ったのか？　すごく簡単にいうと、「おもしろい地域」というのは、見せ方の工夫で作り上げることが可能なのではないか？　と考えたからだ。アメリカの社会学者、リチャード・フロリダは、こちらも簡単にいうと「おもしろい地域におもしろい人が集まる」と言っている。日本国内でよく話題になる、「地方創生」で注目されているような地域をみると、おもしろい人たちがいる、とメディアに取り上げられることでおもしろい人たちが集まり続けている。フロリダの言説はある程度信憑性があるといえるだろう。

一見割と普通の、よくあるウェブサイトだけれど、ぼくのやりたいことはもっと深いところにあって……などと、このウェブサイトについては無限に語ってしまうが、今回はこの取り組みの中で感じたことを書いてみようと思う。

ウェブサイト「オホーツク島」

http://okhotsk-island.com/

◆「食っていく」こと、スネをかじること、文化を作ること

ぼくはこのウェブサイトで「お金を稼がない」ということをひとつのモットーとして掲げている。これについて語るだけで論文数ページ分になってしまうと思うので今回は省略するが、ともあれこのウェブサイトにおいては、価値の交換として「お金」を用いない、と決めたことによって、金銭化できる価値と、金銭化できない価値についてよく考えるようになった。

ぼくはこのウェブサイトで、オホーツクに関係してなにかを作っている人にインタビューを重ねている。インタビューした相手の方は、よく「食っていけている」という言い方をする。

一般的には「食えている」ということは「最低限の生活が成り立っている」ということを示している。まあ、インタビューともなると、儲けてますっていうのもなんだし、心配されない程度には稼げてます、という意味で、便利な言葉である。

最近お金がなくなってきて、お金について考えることが増えた。

著名なアーティストは、名を上げはじめるまでは、親元で暮らしたり、仕送りで暮らしている人も少なくないという。ある有名な日本人アーティストの初期の作品はほとん

ど母親が購入していた、という話を聞いた。誰だったかは忘れた。芸術家として名を上げたら、その芸術家の作品は高く売れるから、本当に信用してくれる人にとっては損な買物ではない。

資本主義の観点から見れば、文化を作るということには金銭的なコストがかかる。生きるためのコスト、制作するためのコスト、人脈を広げるためのコストなど。芸術家であろうとなかろうと、本気で文化を作っていくためには、制作に対する態度だけでなく、生きるコストをカバーする態度も必要になるのだろう。自分の作品の一部を商業主義に捧げて金銭を得たり、パトロンを見つけたり。『芸術起業論』という本も出している村上隆は、ビジネスのために自分の作品を作ることと真剣に向き合っているという。それはまったくカッコ悪いことではないはずだ。過去のことを語りたがらないアーティストの方が多いが、誰もがそのような、言わばスネかじりの道の末に、今いばっているのだから。

もしかしたら、ぼくのインタビューで「食っていけている」と答えてくれた方の中にも、自分の稼ぎ以外のおかげで「食っていけている」人もいるかもしれない。新しいものを生み出しているなら、それでいいとぼくは思う。中途半端に「食っていく」ことに執着せざるを得ないよりは、ずっといい。

先日、倉敷の大原美術館に行った。ちょうど大原美術館設立に大きく寄与した大原孫三郎と児島虎次郎の話がまとめられていた。紡績業で成功した大原家の当主となった大原孫三郎は、同郷で1歳年下の絵かきである児島虎次郎を支え続けた。児島は大原の金で留学し、大原の金を託されて児島の目利きで買ってきた絵が、現在の大原美術館の礎となっているそうだ。大原美術館はご存知のとおり、現在でも日本有数の近代美術館として知られている。

また「セゾン文化」という言葉もあるように、これまでの日本においては、金持ちが特定の方向に向けてお金を出し続けることで花開いてきた文化、というものがあった。これは日本以外でも多くの事例があるだろう。

文化はそのようにして、金持ちと、悪い言い方をすればスネかじり、よい言い方をすればちゃんとパトロンを得た芸術家によって作られてきたのだ、と最近強く認識した。

そういう意味では、これからどんどん金が入らなくなってくる日本において、金持ちの絶対数が少なくなってくると、こういったやりかたで文化を作るということはどんどんむずかしくなっていくだろう。

別に文化がなくても「食っていく」ことには困らないだろう。ただ、文化に惹かれる人間は少なくない。大学院で中部地方に引っ越してきて、中部地方の「食っていく」ことの困らなさと、文化的なものの少なさ、一方東京を顧みて、文化の中にとどまるためになんとか「食って」いる人たちのコントラストがより鮮明に見えるようになった。「おもしろいところにおもしろい人が集まる」所以だろう。人が集まらないところに、時代が変わっても仕事が残っていく保証はまったくない。

◆かじるスネがなくても、「食って」いきながら文化を作るために

では、どんなやり方がいいのだろう?

ぼくは「食って」さえいければ、「食っていく」ことに困りさえしなければ、そこに文化は生まれる可能性はあると感じている。インターネットに代表されるように、お金が入らなくなってくることに比例して、人が協働すること、文化を作ることにかかるコストも減少しつつあるからだ。

でもそれだけではもちろん足りない。「食っていく」ことに困らなかったとしても、働いて家に帰ってきてテレビ見てアプリゲームして寝るだけの我が両親のような豚ばか

りでは、人間の文化は生まれ得ないからだ。テレビの見方とか、アプリのテクニックとか、豚なりの文化は生まれるかもしれないけれども。

ぼくは、人をモチベートして、仲間をみつけ、他人と一緒になにか新しいものを作ることが、過去にないほど人とつながりやすくなった今の時代において、新しく文化を作るやり方のひとつだろうと考えている。

みんな、なにか新しいことはやりたいはずだ。しかし、新しいことをやるにはコストがかかる。現在の生活に満足しているなら満足しているほど、そのコストは大きく見える。

しかし誰もがインターネットに接続している現在、そのコストを下げる方法は無数にある。

そのひとつとして、ぼくは「オホーツク島」で「目的のシェア」を実践したい。

「こういうことをやりたい」と言っている人がいて、そこに強く共感する人がいれば、一緒に同じ目標に向かって行動を起こすことができるだろう。そうして新しいなにかができる。最初にできたそれ自体はなんら新しいものでなかったとしても、具体的な行動のくりかえしによって新しい行動を起こすことのハードルは下がり、次々に新しいなにかが生まれていくだろう。その新しいなにかが積み重なり、そこに文化が形成されていく、とぼくは考えている。

もちろんその根っこには、「自分が強く関係のあるあの地域を、なんとかしたい」という、協働に至るには十分な、共通した目的がある。そしてそんな活動の中から生まれたもので、みんなのためになるものが生まれ、文化を享受するためになんとか「食っていく」場所にすがったり、文化がないことに文句を言う豚になったりするのではなく、自分が好きな場所で、文化を作りながら「食っていく」ことができるようになるのだとしたら、この上ないことだろう。

これは今の時代、あらゆる人に「故郷」と「生活の場」が別々にあるのだとすれば、その「故郷」に位置するもの、そこに対する思いは、まちや集落のようなどんなに小さい地域でも、国や国をまたいだ地域のようなどんなに大きな区切りでも、共通するものだろうと考えている。思いの大きさはミクロ・マクロなさまざまな状況に左右されるとはいえ、その思いの受け皿としてのプラットフォームが機能しておくことは、非常に重要なことだろうと思う。

なんとなくぼくの感覚では、この研究自体は日本の中でも北海道の特定の地域にフォーカスしたものであるとはいえ、世界的に共通するなにか、今後5年10年はそう簡単に変わっていかないようなものだと思っている。それがどんなものか。うまくまとめて、運営しているメディアに活かしながら、論文にまとめられたらと思う。

修士論文と電通事件と、
働きすぎないカルチャーについて

2017年5月15日

◆修士論文を書き、修了しました

おかげさまで修士論文を書き上げ、無事に修了しました。ウェブで全文公開しています。「特定の地域にまつわるクリエイティブ・コミュニティ形成のためのメディアの可能性」というタイトルです。地方×インターネット×クリエイティブ資本、というお話。

1年前の記事にも書いているが、大前提にあるのは「絶望的な状況だけど、周りの人とできることからやっていくしかない」という考え方だ。それに基づいて、この1年調べて読んできた100冊近い本やウェブサイトなどからの引用とともに、研究背景、そして自分の意見としてまとめ、前回の記事にも書いた「オホーツク島《とう》」というウェブメディアを作ったこと、その反響についてもまとめた。

論文の中からかいつまんでいくつかのトピックを取り上げてみる。

この論文の議論の中心としてぼくが引用しているのが、前回の記事でも少し書いた、アメリカの社会学者リチャード・フロリダの「クリエイティブ・クラス」という考え方だ。フロリダはインターネットが普及しはじめたころから「おもしろい地域におもしろい人が集まる」というようなことを言っていて、それは提唱から20年近く経った今でも変わっていない部分がある。

その中でぼくは、「デジタルネイティブ」に変わる新しい集団の捉え方として、「デジタルレジデント」という集団を提示した。「デジタルネイティブ」という言葉が提唱されはじめて15年以上が経ち、「デジタル」という言葉の意味も大きく変わってきている。具体的には、これまでのオンラインのコミュニティは、あくまでオフラインコミュニティの延長、ないしはオフラインありきのものとして捉えられることが多かった。2000年代の2ちゃんねるなどもオンラインで独立しているように見えて、「オフラインにはない居場所」という意味でオフラインとの関係が強くあった。しかし2010年代後半の現在においては、一般にSNSが普及し、オンラインとオフラインの境目が消滅しつつある。その中で特に1990年前後生まれを中心とした、それまでインターネットが無かった世界を知りながら、インターネットが当たり前になった世界でその境目をまったく気に留めずコミュニケーションを行う、隣りにいる人に話しかけるようにSNS上でリプライを飛ばすようなコミュニケーションがごく自然である人々、その集団をぼくは「デジタルレジデント」と呼んでいる。

また、「オホーツク島」の実際の制作過程についてもまとめている。事前にオホーツクと関係するクリエイティブ・クラスと思われる人にインタビューをしたり、「Twitter

やFacebookで協力者を募集したり、Wantedlyを立ち上げてみたり、ロゴなどの具体的なデザインの試行錯誤の過程、運営の具体についても記述している。

ともあれ、インターネットで情報の流通形態が大きく変わり、人間のコミュニケーションの主要な場がインターネット上にもできつつある中で、個人から発信活動を行い、「仲間を作り、小さなことからはじめる」ということが圧倒的にやりやすくなった。それがさらに新しい出会いにつながり、新たな機会、新たな活動に結びつき、できることが増えていく。そして発信活動の規模が大きくなり、また新たな出会いにつながる。それが最終的には、自分の周りから状況を変えていくことにつながる。それが確かめられたことを、「オホーツク島」の活動を中心にまとめている。

もし興味があれば、ぜひお時間があるときにでも読んでみてください。90ページあるのでメチャメチャ長くて申し訳ないのですが、先に述べてきたような、インターネットと地域コミュニティのかかわりの現状と今後、それに基づいた実践の過程と反響に興味がある人には読んで損はさせません。目次の下に概要があります。まえがきだけでも読んでもらえたら、ぼくがどういうことを思って大学院に来たのかが伝わるかと思います。

情報科学芸術大学院大学
メディア表現研究科
修士論文

Institute of Advanced Media Art and Sciences
Master's Thesis

特定の地域にまつわる
クリエイティブ・コミュニティ形成のための
メディアの可能性

The possibility of the media to form a creative community
related to a specific region

15107

佐野 和哉
Kazuya Sano

修士論文表紙

修士論文はこちらで公開中です。

コメントやご意見など待ってます。

◆広告会社の長時間労働について

昨年はぼくがかつていた広告業界が悪い意味で大きな話題になった年だった。ぼくが大学院に行き、この論文を書くことにしたのも、広告業界で感じた多くの違和感が大元にある。

ぼくも電通ではなかったけれども、2013年～2015年の丸2年間、広告会社で働いていた。電通で働いている友人も多くいたし、自殺してしまった女性は当時からTwitterでフォローしていた。Facebookの共通の友だちなどを見て電通で働いていることも知っていたし、いろいろ愚痴を言っている当時から大変そうだなーと気になっていたが、広告会社はSNSで大変そうなやつほど大して大変ではなく、本当に大変な人は大変そうなツイートをしない（している場合ではない）という鉄板があるので、そこまで大変だということはSNSでは見抜けなかった。ツイート見ないなぁとなんとなく思っていたが、そういうことになっていたと知ったのは、すべて報道されてからのことである。

広告会社に限ったことではないが、人間はモチベーションがあることに対してはがんばれるものである。当然四六時中モチベーションを持てることはそう多くないが、それでも近くによき理解者がいればなんとかやっていけるものである。ぼくの場合は営業だったので、ひたすら人とコミュニケーションを取り続ける、という人格矯正にも近いものだったが、苦手なことをやり続ける、ということも含めて勉強になることばかりだったし、辛かったがやっておく必要性を感じるものではあった。そして同期や後輩、近くの部署の先輩によく理解してくれる人もいた。そういう点ではとても恵まれていたし、会社も縦のつながり（部署）や横のつながり（同期）以外の「ナナメのつながり」を社員同士に作ることにかなり力を入れていたので、その恩恵を受けることもできた。

しかし、モチベーションのないことを強いられることは非常に苦しい。広告会社のような企業においては、「新人のうちはなんでもやっておいたほうがいい」「いいから黙ってやれよ」というような根性論になりがちである。ぼくの場合もそうしたことがないわけではなかったが、同期や先輩と残業メシで愚痴ったり、（とてもよろしくないことだが）ときにインターネットにぶちまけたりすることでなんとか気持ちを保つことができた。あとは土日も休みだったので、休みの日にまとまった時間で好きなことをして、リフレッシュして平日に臨むことができていた。しかし、身近にこうした気持ちをぶちまける場所がなく、理解者がおらず、ずるずると働き続けていると、逃げ場がなくなってしまう。電通の方は長時間労働に加え、上司に理解されず、土日も出勤していたようだが、身近に頼れる人が居ない環境で、土日の休みがなく働き続けることがどれほど大変なのか、想像にかたくない。

個人的には、電通で起きたような問題は「労働時間が長い」ということが直接の原因ではないと思っている。労働時間が少なくても辛いものは辛いし、労働時間が長くてもなんとかなる状況ならなんとかなる場合が多いからだ。しかし、労働時間が短くなることによってそうした問題のストレスが軽減されることは大いにありえる。

大人はこれを履きちがえ、「おれの若い頃はもっと働いていた、お前になんとかならないはずがない」と押し付ける。モチベーションがある人とない人ではその辛さが大きく変わることを理解していない大人があまりに多い。

ぼくが考える長時間労働のダメなポイントは、なによりも「逃げ場がない」ということに尽きる。もし仕事が辛くても、働く以外の時間が十分にあったとすれば、逃げ場を作ることもある程度できるはずだ。家でゆっくり寝ることもできるし、趣味に没頭することもできる。そうしたことでストレスを解消し、また仕事に取り組める。もちろん仕事にモチベーションを持って取り組むことができ、ゆっくり寝て、趣味にも没頭できるのがいちばんであるが、労働時間短縮によって救われる人もたくさんいると思う。

◆なぜ働きすぎなくても暮らしが成り立つ？

どうやら日本人は働きすぎらしい。ヨーロッパには仕事をしていても、毎日必ず昼寝をする習慣のある国もあるという（そうした国は経済的に豊かではない、という意見もあるが……）。

ぼくが書き記すまでもなく、簡単な経済原理から考えると、供給が多いと需要は下がり、安くなる。そう考えると、日本は多くの人がたくさん働いているおかげで、ぼくたちはさまざまなサービスを安価に確実に手に入れ、日々の暮らしを送っている可能性がある。海外に行ったことがある人ならご存知のとおり、深夜も土日もいつもどおりお店が営業している国は、大都市部を除くとほとんどない。しかし、海外ではそもそも土日・深夜の営業を求めてもいない。それによって世の中に必要な労働力が減り、人々は休む時間を得られる。その分得られるお金は減るかもしれないが、例えば自炊を行って外食を減らすなど、できた時間でコストを下げられるものはいろいろある。

もし今の時代に働く時間を減らすとしたら、ウェブサービスや台頭するさまざまな技術を用いた効率化など、テクノロジーの進歩で解決できることは解決しながら、我々自身が多くを求めないこと、自分でできることは自分でやることによって、供給過多が起き、自然と労働時間が減るのではないだろうか。

などというのは簡単で、こんなのは正論にすぎない。実際はあらゆる分野で激しい競争が起きていて、値下げのチキンレースが行われている。脱落したものから順に仕事を失っていく。トータルでは最適化に向かったとしても、現実的に明日食っていけなくなる人が現れるのだ。

どうしたらその壁を超えられるのだろうか。きっと正解はないのだけど、ぼくは、「長時間働かなくても幸せに生きていける」というカルチャーごと作っていく必要がある、と考えている。

◆変わる時代の中で、お金を稼いで生きていく

電通で働いていた友人は「残業できなくなって稼げなくなった」と言っていた。従来

は残業代が出たために高給取りと言われるような給料だったが、月に60時間程度の一般的な会社と大差ない残業時間になると、ほかの会社の同年代と比べても、給料が格段によいわけでもないという。従来どおりバリバリ働いてバリバリ稼ぎたい人は自分で会社を立ち上げたり、もっと稼ぐ方法を探したり、空いた時間を有意義に使う方法を探したりしているそうだ。そのほうが健康的だし、本来あるべき姿なのでは、と思う。国が本気を出して電通を取り締まった成果が出はじめているのかもしれない。こうしたところから、「日本人の働き方」というカルチャーが、少しずつ変わっていくのかもしれない。

ぼく個人としては、好きな人と好きな場所で、好きなものを作ったりしながら暮らしたい。自炊とかしたい。こう書くとなにも考えていないようによく思われるのだが、ぼくが思っていることはずっと前からこれだけだ。平和に暮らしていくために、命をかけてやっていく、ということはずっと前から一貫している。昨年から続けている「オホーツク島」も、自分がどこに住んでいたって自分の好きな人たちとかかわっていくための、好きな人たちを支えていくための手段だ。

そんなふうに生きるためには、安定した会社に入って、終身雇用でのんびり暮らす……のではなく、自力でちゃんとお金を稼げる力をつける必要がある、ことは言うまでもない。

今年2月、「オホーツク島」の取り組みに注目してくださった地元の方から、地元のシンポジウムに登壇してほしい、という依頼があった。その際にシンポジウムに参加していた地元に人に言われたのは「君の言っていることは素晴らしいが、それでどうやってお金を稼いで生きていく?」ということだった。そもそもぼくの取り組みはお金を稼ぐことを目的としておらず、仕事を別に行いながら小さな取り組みをはじめるということが目的なのだが、そんなのはただのきれいごとにすぎないらしい。さすがにだいぶ頭にきたが、こういう人も説得できなければ、取り組みの意義は薄れていってしまう、というむずかしさを感じた。

この2017年の春からは、新規事業を作ってそれをお金にしていく、そういう取り組みをくりかえしていく会社で働く。説明するだけなら単純だが、そんなことが簡単にできるなら日本はこんなに困っていないはずだ。相当大変だと思うけれど、がんばってお金を作る力を身につけ、こんなくだらない質問をする大人を跳ね返せるようにしていきたいと思う。

それから、前回の記事で「いつまでも行動を起こさない豚」呼ばわりしてしまったぼくの母は、それを知ってか知らずか、ぼくが再度会社に就職するこの春に、会社をやめることにしたらしい。やめてからなにをするのかは不明だが、ゲストハウスをやりたいと本人は言っている。どうなることやら。これも進展があればまた書いていきたいです。

「ていねいな暮らし」がもたらす、都市と地方、身体と精神の分断について

2017年11月25日

◆都市と地方はもっとなめらかにつながるか？

「都市」と「地方」という対比構造が、これほど相対するものとして扱われるようになったのはいつからだろう。

「地方創生」と言われて久しく、もうずっと前からある概念のようにも感じるが、Wikipediaによると「地方創生」という言葉が使われるようになったのは、２０１４年9月の第2次安倍改造内閣発足時から、ということである。また、２０１０年と比較して２０４０年の20～39歳の女性人口が半分以下になると予想される自治体を「消滅可能性自治体」として、８９６市町村をリストアップした通称「増田レポート」は、その少し前、２０１４年5月に発表されたものである。そう考えると、もちろん昔からその構造はあったとはいえ、「地方」が都市の対比としてより強く扱われるようになったのは、おおむね２０１４年頃からだと考えられる。まだ3年ほどの話だ。ちなみにイケダハヤトがブログタイトルを「まだ東京で消耗してるの？」に変更したのは２０１４年6月1日。時流への対応速度が天才的。

最近、都市と地方の断絶が進んでいるのではないか？　ということを強く感じている。

大まかにいうと、地方産品が都市文脈で消費されていること、「地方でていねいな暮らし」というイメージがいまだに支持されていること、というふたつの流れによって、都市と地方の断絶が進んでいるのではないだろうか、と考えている。

ふたつの流れそれぞれについて考えてみる。

瀬戸内海に浮かぶ直島《なおしま》が世界的にヒットしたことに端を発し、日本中で毎年無数に開催されている地方芸術祭。故郷を応援するという目的が転じて豪華賞品のチキンレースとなり、中国製のドローンが品目となる自治体もあるなど完全に消費に飲み込まれてしまったふるさと納税。こうした大きな流れがありつつ、例えばD&DEPARTMENTやハピキラFACTORYなどのような、地方文化を都市文脈で見つめ直す、という取り組みも多数存在する。しかし「地方ならでは」を掘り起こすとか、地方のものを都会の視点で捉えて都会で売るとか、都会の人がお金を出したくなる形にする、というのは、それ自体は素晴らしいことではあるが、都市と地方の対比を強めるものであり、都市と地方はどんどん遠いものになっていく。遠いほうが希少価値が高まるからだ。地方は都市文脈の競争に巻き込まれ、疲弊し、ますます都市から遠ざかるようになる。

もうひとつの流れ、「地方でていねいな暮らし」というイメージについて考えてみる。

自分が目の届く範囲の生活を大切にする、といった意味をもつ「ていねいな暮らし」という言葉がここ数年流行した。『持たないていねいな暮らし』という本が発行されたのが２０１５年。「断捨離」「ミニマリスト」が流行ったのが２０１５〜２０１６年。２０１４年の「まだ東京で消耗してるの？」の流れから、２０１５年、２０１６年とじわじわ「地方でていねいな暮らし」に時流が傾いてきたように思える。非常にわかりやすいカウンターカルチャーだ。ここには明確に、都市でものや関係にまみれて生活をしている「普通の人々」に対する、地方で暮らすという「普通でない人々」からの優越感がある。

でもたとえば地方にいて、各地を飛び回って活発に生活してはいけないのだろうか？たとえば都市にいて、適度に地方と関係を持ちつつ心安らかに生活してはいけないのだろうか？　ここで一部の人々が優越感を持って暮らすための材料として「都市」と「地方」が使われることにより、都市と地方の対比構造はますます深まっていく。これもひとつ目の流れと同様に、それぞれの距離が遠ければ遠いほど、強い優越感を得ることができるからだ。

しかし、都市と地方はそこまで対立するものなのだろうか？

ぼくは、北海道の遠軽町《えんがるちょう》という圧倒的な地方出身であるがゆえに、地方にかかわる活動を続けつつ、音楽やクラブカルチャーなど、個人的に関心を持つ都市での若者文化にも積極的にかかわり続けてきた。しかしその中で、都市で活動する人に地方の話をすることがむずかしく、地方で活動する人に都市の話をすることがむずかしく感じることが非常に多くあった。双方が双方に対して関心がなく、接点を感じることさえできないからだ。

その対立構造に強い違和感をおぼえ、世の中において都市と地方の間に、深い深い精神的な溝があることを意識するようになった。この溝は一体なんなのだろう？　この溝を少しでも埋めることは、都市と地方の間になめらかなつながりを生むことはできないのだろうか？　と、最近強く考えている。

◆（そのために）身体と精神はもっとなめらかにつながるか？

インターネットが普及した現代、自分がいる場所に関係なく、気持ちや活動だけはどこにでも向けることができる／行えるようになった。しかしまだまだ我々の身体はそれぞれひとつしかない。ぼくらのようなデジタルネイティブと呼ばれる世代でもあっても、日常生活においてどうしても身体が必要な場面はあって、まだまだ最終的にこの壁にぶつかってしまう。

先に述べたとおり、最近は「地方」といえば、ていねいな暮らし、ソーシャルグッド、スローライフ、といった様相で、少し振り切ったものになるとヒッピーとかスピリチュアルな暮らしとも相性がよく、どんどんそういうネタが増えていく。最近にはじまったことではないのかもしれないが、極端にカウンターなもののほうが話題化しやすく、ときに強い違和感を覚える。

もちろんそれが好きな人を否定するつもりはないけれど、個人的な感覚として、非科学的なことを宇宙の真理であるように話したり、流行りごとを本質のように語ったりする「ていねいな暮らし」すぎるカルチャーへの同意を求められると正直少しきつい。

そしてなにより、そういうものに引っ張られて、「地方って『ていねいな暮らし』したい人が行くところなんでしょ？」というイメージが蔓延《まんえん》して、地方がどんどん都市の人と無関係なものになってしまう。

だから、「活発に暮らす場としての都市」「穏やかに暮らす場としての地方」という区切りはもうやめにしたい。きっとこういう区分は昔からのものであると思うのだけど、今だからこそ変えられるものがあるのではないだろうか。

両者は地続きであるべきで、別々に捉えられるものではない。すべての人にどちらで暮らすこともありえて、どちらでも誰もが豊かに暮らせるべきではないかと思う。ぼくは身体は都市で暮らしながら、精神は田舎で暮らしているが、本当は場所に関係なく活発に暮らしたい。もっと身体と気持ちを近づけたい。

そのためには、現在あまり一般的な価値観ではない、都市で穏やかに暮らすことの価値、その裏返しとして、地方で（ていねいな暮らし文脈でなく）クリエイティブに暮らすことの価値が、それぞれもっと認められていく必要があるのではないかと思う。残念ながら田舎で活発に暮らすことは、活発に暮らしていない人が圧倒的なマジョリティを占める地方においては非常に困難であるし、活発に暮らすことを強いられる都会においては、地方の話であるというだけでは共感を得られにくい。

◆都市と地方、身体と精神を地続きにするために

「クリエイティブ×地方」というテーマを掲げたとき、さまざまな地域暮らし系メディ

アに代表される「ていねいな暮らし」文脈や、各地の芸術祭や地域デザインなどに代表される都市文脈での消費ではない形で存在感を示していくためには、一体どうしたらよいのだろうか？

先ほども述べたが、現在ぼくがどっぷり浸かっているカルチャーである、ＤＪやＶＪ、インターネットカルチャーや研究活動、電子工作やデジタルクリエイティブなどが、「都会的なカルチャー」と考えられがちなことに、個人的には強い違和感がある。東京でやる分にはみんなおもしろがってくれるが、田舎で同じことをするとほとんど興味を示されない。

確かに田舎にはあまりない形態の活動ではあるが、単純に人の多さとはまたちがう原因で、ここに溝が生まれている気がする。

話は変わるが、先日、大学院での修士研究を島根県で開催された地域活性学会で発表した。その帰り道に友人が住んでいる島根県津和野町《つわのちょう》に寄った。そこがなかなかおもしろかった。

人口７５００人ほどの小さな町に、４００年の歴史、城跡、神社、教会、寺などの文化遺産がひしめき合っているのもさることながら、いちばんおどろいたのは、若者がたくさんいることだった。

友人らと一緒に昼食を食べるために街中の飲食店に入ると、普通に近くのテーブルに20代くらいに見える人がいる。ほかの大人も特にそのことに違和感を示している様子はない。

この様子を見てぼくはおどろいた。ぼくの地元である北海道遠軽町であれば、昼間に若者が街を歩いていることが異常で、いたとしても自衛隊や病院や会社で働いているはずで、ましてや私服で飲食店になんていているはずがないからだ。

話を聞くと津和野町は、地域おこし協力隊が30人以上いるということであった。総務省の資料によると、平成28年度で33人。同じ島根県の海士町《あまちょう》と並んで全国トップの多さだ。

普通に若者がいる田舎ってすごいな、と感じた。それだけでも街の空気は大きく変わるものだなと思う。

その友人とも、ここまで述べてきたような話を深く話した。「ソ◯コ◯文脈とかgr◯◯nz文脈しかないの、マジでなんとかしたい」とか、「地域活性学会、まだ黎明期だから仕方ないいんだろうけど、若手も一流の研究者もいなすぎ」とか。お互いにアカデミックに近い領域で本気で地域おこし（的なもの）に取り組んでいる数少ない若者の仲間であったので、それまでもTwitterでの絡みは少しあったのだが、すっかり意気投合できた。

こういう、都市と地方の間にある妙な溝に気がついている仲間と一緒であれば、現状を打破するなにかのアクションが、都市と地方を、そして身体と精神を地続きにするための方法が、その手がかりが見つけられそうな気がする。

なにかしら連携して、都市と地方の新しい関係を、そしてぼくらだけでなく、いろんな人にとって身体と精神の新しい関係を作る、そのきっかけになることができればと思っている。大きなムーブメントまで、少しずつ。

毎号おなじみとなっている（？）母の近況報告。カフェをやりたい！　と言って仕事をやめたものの、結局お金がないということに気づき、小さな郵便局に再就職したという。とはいえ「お金がない」というのは、なんとかすればお金も集められる今の時代、言い訳でしかない。よくよく聞いてみると、前の仕事が少し大変だったので、そもそもカフェをやりたいつもりはそんなになく、やっぱりもうちょっとゆっくり働いて老後でもいいか、と思ったという。やっぱりやる気はなかったんじゃないか、とがっかり。

どれだけ背中を押しても動かない人というのはやっぱり少なからずいて、そういう人を無理に動かそうとするよりは、やっぱり「謎のやる気」（友人たちとよく使う言葉である）に満ちあふれていて、とにかくなにかやらないと気がすまない！　というような人の背中を押す方に注力していくべきなんだろうな、と思ったりしているこの頃です。

規模とお金、
それでもやるべきことの境界について

2018年 5月 12日

◆上海で感じた規模のリアル

2018年1月、ぼくは上海のクラブで、整形美女と成金の間をすり抜けていた。

ぼくの地元周辺の写真がインターネットでバズったが、それを撮っているのが上海の写真家である、という情報を聞きつけ、ぼくがやっているメディア「オホーツク島《とう》」で取材させていただくために、上海の大学出身の友人とともに2泊3日で上海に行った。そのパリピの友人とともに、上海のクラブの現状調査（遊び）を行っていたのだった。

オホーツク島の取材自体は、超美人で都会っ子な文化度高い写真家さんに非常にいい取材ができ、記事自体も非常によいものになったのでぜひご覧いただきたいのだが、それはそれとして、これまでぼくの中で謎に包まれていた、厳密に言うと、メディアと友人の話の中からの情報しか知らなかった中国の実態を、肌で感じることができた、本当にいい機会だった。

結論から言うと、ほぼ予想どおり、「人口が10倍いるのだから、あらゆるものごとの進む速さが10倍である」という、ただそれだけであった。でもそれをリアルに、目の前で、同じクラブの中で、あるいはスマートフォンのアプリを使って直接感じることによって、「まじかー」という気持ちになり、今目の前で起きていること、自分の身に起きうることとして、実感を持って受け止めたのだった。ＱＲコードペイメントシステムのド便利さとか、マジでどんなものも一瞬で宅配してくれるサービスの群衆感とか。それが自分の国で使えないことのもどかしさとあきらめとか。

そんな上海滞在中、知人経由でご紹介いただき、北海道出身で現在は中国オタク／サブカル界隈の超有名人、山下智博さんと会った。ググっていただければさまざまな情報がすぐに出てくると思う。

山下さんと落ち合ったのは、上海中心部からちょっと移動したところにある、超ボロい集合住宅の１Ｆ、超場末の上海料理店。期待を裏切らない、きたな美味い上海料理を食べながら、山下さんにこれまでと今、これからの話を聞いた。高校時代からルサンチマンを抱きまくっていたこと、大学でアートマネジメントを学んだこと、北海道の文化施設で芸術振興の仕事をしていたこと、一念発起していちばん逆境に見えそうな選択肢・中国進出を選んだら意外とみんな受け入れてくれたこと、中国のニコニコ動画「ビリビリ動画」で超有名人になり、ニコニコ超会議的イベントで10万人の歓声を浴びて「あ、もういいかも」と思ったこと、などなど。

その中でいちばん印象に残ったのは、こんなやりとりだった。

ぼくは自分の気持ちとして、北海道、故郷のオホーツク海側地域に執着している部分があって、どうやってその地域の状態を上向けていくかを考え続けている。山下さんもそういう気持ちがあるのかと思い、「北海道でなにかやるつもりはないんですか？」とたずねた。

「もちろん北海道のことは好きだし、なにかできたらいいなと思う。思いはするんだけど、どうしても、同じことをやっても中国でやるほうがお金になるんだよね……。それは東京に対してもそう。日本の会社がこういうことやりたいんだよねーって連絡くれることもよくあるんだけど、中国での相場を伝えるとみんな払えないんだよね。それくらい、認識がずれてきてる。お金が欲しいというより、同じ労力でよりインパクトのあることをやろうと思うと、自然と中国でやるということになってしまう」と、山下さんは嫌味なく、ごく自然にそう答えた。

誰もが認識している現実としての「東京＞地方」、その上に「中国＞」が明確に現れていて、みんなそこからなんとか目を背けようとしている、ということを、ぼくはそのときはっきりと認識した。

これも、上海に行って、目の前の人が言っていることではじめてリアルを感じたことのひとつだった。「同じこと」が東京でもお金にならなくなってきている。いや、中国でなら「同じこと」が10倍のお金になる時代になっている。

その現実を突きつけられている今、ぼくがたった人口30万人しかいない、生き残りを賭けてごくわずかなパイをあらゆる手で奪い合う大人たちが跋扈《ばっこ》する、北海道オホーツク海側地域という地方に執着してなにかをやろうとすることに、もはや意味はあるのだろうか？

禁止されていること以外なんでもやっていい、どんなことでもお金になり得る、これから経済がどんどん成長していくことが保証されている、若者が自由に暮らせる国に、往復3万円で行けるというのに？

あらためて、それでも自分の故郷に執着して、持続可能に文化的に暮らすことをあきらめないために、一体なにができるんだろう？ それとも、執着をすること自体が無駄なことなのだろうか？ と、深く考えた。

◆「裕福な人たちの遊び」か？「残されるべき心の拠り所」か？

「お金や人気取りと関係なく、主張すべきことを最も美しい形で表現する」ということは、大学院で片足を突っ込んでいたアートの話によく似ている。

大学院で2年間、そして卒業してからしばらく足を突っ込みながら考えてみたが、あらためて、お金になることを考えずに表現ができるのは、お金のこと考えなくていい裕福な人たちだけなんだ、と思った。そして逆説的に、お金のことを考えない取り組みは、裕福な人たちによる遊びとみなされる、ということも同時に学んだ。

これからこの国は、どんどん貧しくなっていく。当然貧しくなるにつれ、生活の余裕はなくなるし、明日のお金につながらない明後日より先の取り組みだとか、未来を見据えた打ち手だとか、そんなことできる余裕はどんどんなくなってくる。というか、東京に暮らす我々が気づいていないだけで、ごく一部の大企業や小金持ち、行政機関を除き、地方ではとっくにそんな余裕はなくなっている。

そんななかでもぼくたちは、あえて「お金にならない取り組み」に、厳密に言うと「まだお金になっていない取り組み」に挑もうとしている。それはこの連載でこれまでも述べてきたが、「そこにしかないもの」にぼくたちの心の拠り所があり、「そこにしかないもの」がこれからもあり続けることが、ぼくたちのアイデンティティと切り離せないものであるからだ、とぼくは考えている。

パンクロックが好きだった。文化的なものがなにもない環境で、数少ない文化だった小説をずっと読んでいた。深夜のバラエティ番組が好きだった。「日本は技術大国だ」と、世界的な企業の重役として大学で話したOBたちは言っていた。

今となっては、バンドを組めるほどみんな暇じゃないし、小説家として食っていける人間はほぼいなくなったし、テレビを見なくなって何年も経ったし、日本のメーカーは中国に勝ち目がない。

憧れていたものが終わっていく時代に、ぼくらはなにに憧れていけばいいのだろう。衰退の下り坂を転げ落ちている地元で、そしてこれから衰退するしかない国で、ごく一部だけでも生活に余裕を作って暮らすには、自分のプライドを賭けた、お金になるかわからないことをやるための時間や、みんなで集まってお金のことを考えなくていいことをやれる環境を作るには、これから一体なにが必要なんだろう。

◆相対的に貧しい社会で、効率的に「余地」を作る

2025年、日本は人口の4分の1が後期高齢者になる「超高齢社会」を迎える。一方でPwCの予想などによると、2030年頃に中国がGDPで世界一になるという予

測がされながら、日本は世界でもまだ4番目という、楽観的な指標も存在する。

ただぼくが中国で感じたように、「追い抜かされていく感覚」は、きっとこれまでにない貧しさ、ないしは「貧しい」と思わせる感覚、を我々にもたらすものだろう。そしてバブル期の豊かさを伝え聞く我々は、過去の日本と比較する意味も含め二重に、相対的な貧しさも感じ続けていくことだろう。

日々飛び交う中国の経済成長のニュース、SNSフィードで飛び交う全肯定意見と全否定意見に居心地の悪さを感じながら、もう一方で「若者の贅沢離れ」という「贅沢の若者離れ」状況を強制的に感じさせられながら、ぼくたちは為す術もない現状に向き合う。経済は成長を続けているはずなのだが、人間は比べてしまう生き物なので、これからの日本で暮らす以上、その相対的な貧しさを感じてしまうことはやむを得ず、その状況に全肯定も全否定もせず、それと向き合っていくしかないのだと思う。

その相対的な貧しさの中で、それでも豊かに暮らしていくために、なにが必要になるのだろう。

ざっくりと、日々の生活の余裕がない中でもやる気を高め合える環境が必要ではないか、という気はしている。自分でモチベーションを持ち続けて継続的になんとかできちゃう人はごく一握りで、小さなモチベーションを育てるにはモチベーションの掛け合わせが必要、というところまでは最近わかってきた。それ以外はちょっとわからない。

逆に言えば、日本が世界一だった、豊かな国であった、ということが幻想だったのだろうと思う。ぼくらは「失われた20年」の中で、中途半端にその「豊かな国・日本」幻想を見せられてしまったが故に、「失われた」ものだと思いこんでいるだけなのだと思う。

もともと失われるものなんてないと気づいている若者たちは、賢い人から順番に、これまでの社会の仕組みに従うのではなく、自分たちの活動をはじめている。その形は起業からコレクティブまでさまざまだ。

『美術手帖』2018年4月号は「アート・コレクティブ」特集だった。まだ読みはじめたところだが、「コレクティブ」というムーブメントは、近年東南アジアから発生してきたものであるという。

昨年フィリピンはマニラに行き、そこでも音楽集団としてのコレクティブとかかわりを持ったが、文化的なメインストリームが整備されていない国において急激に通信インフラが整うと、生活レベルと文化レベルが高い人から順番に徒党を組みはじめる、というようなようすが見受けられた。このようすは人口の多いインドネシアで特に顕著だという。

ぼくらの国では、ここ数年でメインストリームが瓦解《がかい》し、対抗する存在であったサブカルチャーも姿を消しつつあるものの、影響力を持つ既存勢力は依然として存在し、まだまだ若者がのびのびとやれる環境や余地は非常に少ない。これは音楽に限らず、アートであってもビジネスであっても、ほぼありとあらゆる環境で言えることだろう。

ぼくが大上段から言うことでもないけれど、たぶんひとつ言えることは、お金にならないこともやれることが文化的な余地で、最適化しきれず残ってしまったこと、長い時間をかけてたどり着いた局所的最適解、そのかたちこそが文化なのだろうと思う。

それはやっぱり生活に、部分的にでも余裕がないと生まれえない。上海は文化が劇的に花開いているところであった。マニラは貧富の差があったが、それでも文化の先陣を切っている人々はいた。きっと日本の高度成長期は、メディア環境こそちがえど、きっとマニラと似た部分があり、日本のバブル期も、西武セゾン文化を筆頭に、現在の上海とまた近い状況だったのだろう。

上海のような、これからのマニラのような、そしてかつての日本のような、豊かな＝生活に余裕が溢れ、積極的に無駄を嗜《たしな》むことができる時代はもうぼくたちに訪れないとしても、部分的に豊かさ＝余裕を作っていくためになにが必要か考えて、これからも実践していきたい。

昨年大学院を卒業して就職した会社をこの3月末でやめ、4月からフリーランスになった。これは次に進む道を絞るためのフリーランスだ。すでになかなか大変で、なかなかペースをつかめずにいるけれど、それも含めて非常にいい経験をしている。いくつかの仕事をさせてもらいながら、次になにに進んでいくかしっかりと決めて進んでいきたい。選ぶならいちばんの逆境を。

生活の余裕と心の支え、
フリーランス半年の悩みごとについて

2018年11月27日

◆学会でアメリカに行った

今年の6月に国際学会に行った。IAMCR（International Association of Media Communication Research）、国際メディアコミュニケーション学会というやつ。

人生初のクラウドファンディングもやってみた。ファンドしてくださったみなさま本当にありがとうございました！　その額73万3500円。おかげさまで学会参加費用はまるっとカバーできた。支援してくださった方々の中に「仕事文脈で見てました！」という方が何人もいてめっちゃありがたい気持ちになった。愛してます。

結局6月20日〜24日の学会@アメリカ・オレゴン州と、そのあと7月19日までまるっと自費で北米に滞在していた。細かく書くとこの紙面で足りないくらいいい経験になり、クラウドファンディング報告会でもいろいろとお話ししたのだが、スペースの都合上、要点だけ書いてみる。

国際学会で発表してわかったことで最も大きなものは、日本の課題のスケールと、世界の課題のスケールは大きく異なる、ということだった。多民族国家には、日本で大きな課題とされている地方と都会の格差よりも、さらに大きな課題がたくさんある。たとえばジェンダー、人種、政治、富の再分配など。いずれも日本でも問題になりつつある

日本の【ローカル×メディア×コミュニティ】を、世界と接続→発展させたい！

Category : ソーシャルグッド　User : Kazuya Sano

現在の支援総額
733,500円

パトロン数
118人

募集終了まで残り
終了

現在366%／目標金額200,000円

このプロジェクトは、2018-05-23に募集を開始し、118人の支援により733,500円の資金を集め、2018-06-17に募集を終了しました

北海道のド田舎出身、広告代理店勤務などを経て、自らメディアを運営しながらメディアとコミュニティについて研究しているさのかずやが、日本のローカルメディアの活動を世界とつなげていくために、国際学会に行って日本の状況を発表、世界の潮流を知り、日本に持ち帰ってきます！最先端を知ってもっと大きな活動にしたい！

こんなうまくいくと思ってなかったので本当に感謝です

最終日の最後のコマ、5人のパネルなのに登壇者がぼくともう1人ビデオプレゼンの人しかおらず、見に来てくれたのもチェアの教授除いて3人くらいしかいなかった。学校が夏休みに入ったタイミングで夏休み感覚で来ている研究者もかなり多いようで、学会も大変なんやなと思った

ことではあるし、「アメリカでも地方と都会の格差は問題になっている」というコメントももらえたが、国際的な課題感としては地方と都会の話よりもそれらの課題のほうがもっと大きかった。課題感が大きいということは「研究するに値する」ということでもある。地方と都会の格差より、性別、人種、職業、地位の格差や、それに対抗するアクションについての研究がずっと多かったのは、そういった課題観の差なのだろう。

学会のあとは、西海岸のポートランド、東海岸に飛んでニューヨーク、カナダのモントリオールをそれぞれ訪れた。ポートランド1泊、ニューヨークはがっつり2週間、モントリオールは2泊。それぞれ北米の中でも極端な街だったが、見て感じたことはいくつかあった。

ひとつめは「クリエイティビティは生活の余裕から生まれる」ということだ。なんか、ポートランドもモントリオールも、全体的にのんびり暮らしていて、日々の暮らしに自己表現を取り入れるだけの余裕があり、街や社会もそれを積極的に推奨している印象を受けた。一方ニューヨークは生きるのにしのぎを削っている感じはあったが、チェルシーのギャラリー街や各所の美術館から漂ってくる莫大なカネの匂いや、ブルックリンあたりの郊外にある自由奔放な雰囲気など、余裕のある人は青天井で使い尽くせないほどの余裕があり、そうでない人にもはけ口はあり、社会もそれを許容し、青天井の余裕がすくい上げている感じを受けた。少なくとも、日本であろうとアメリカであろうと、明日生きられるかわからない人が、アートはおろか、ささいな自己表現でさえも時間を割ける可能性は極めて少ない。田舎の玄関先のきれいな植生はおばあちゃんの暇がもたらす自己表現とも言える。日本の都会で消耗し、忙しさを忘れるための遊びで余裕を使い果たすぼくらに、自己表現の余地はあるだろうか。

もうひとつは「心の支え、アイデンティティの担保が必要」ということだった。200年からせいぜい400年くらいの歴史しかない北米でも、街の歴史や空気を非常に重視している印象があった。ポートランドでは「めちゃくちゃであれ」というような街のスローガンが掲げられていたし、ニューヨークでも出身地域の人で集まったり、ある国出身の人が多く住むエリアがあったりしたし、メトロポリタン美術館では各所から略奪してきた宝物もそれはそれで大事に保存していた。モントリオールも建物と街の経緯を非常に大事にしながら、新しい取り組みを積極的に取り入れていた。日本でもお祭りを大事にしていたり建物を大事にしていたり、歴史や街の空気があるところにはあるが、北海道には、少なくともぼくの知る地域には全然ない。古い建物は維持費がかかるから取り壊すし、10年後にはなくなっているような取り組みが出ては消えていく。その中でも心の支えを、地域にまつわるアイデンティティを作るために、これからできることはなんだろう、と考えた。

◆フリーランスの悩みのために合宿した

半年経って、なんとか食っていけるようにはなった。「食っていけるようになった」というのは「死ぬほど働けば死なないですむようになった」ということです。毎日働きまくっているが生活の余裕はないし、いただいている金額もお金が貯まるほどではない。食っていけたとしても、それによってやりたいことに向かって動けないなら、結局フリーランスになった意味はあまりない。

じゃあどうするのか？　実のところあまりよくわからない。1人で考えても答えが出る気がしないが、近くに同じような立場の人も多くなく、相談する相手もいない。さてどうすれば。

そんな8月のある日、友だちの合宿イベントを見に行った。「Rhetorica（レトリカ）」という雑誌を作っている、主に慶応ＳＦＣ出身の面々。雑誌の企画を合宿で一気に進めようというものらしかった。秋葉原の秘密基地のようなスペースの地下でそれは行われていた。

金曜日の23時。10畳ほどの決して広くないスペースに、謎に熱量のある男ばかりが20人くらい。何人かがすでにプレゼンをしたあとだったらしく、会場は雑談タイムに入っていた。壁には無数の企画資料が貼られ、雑談の熱量がすごかった。1時間ほど話して終電で帰ったが、たったそれだけでも、なにか起こりそうな気配を感じ、自分の中でもなんかやろうという気持ち、謎のバイブスが強く生まれた。合宿すごい。

それに影響を受けて、自分でも合宿やりたい気持ちが高まった。ひどく影響を受けやすいタイプである。Twitterで「合宿やりませんか」とツイートしたところ、乗ってくれる人が結構現れた。自分から声をかけながらしばらく募ってみたところ、予想以上に多くの参加者が集まりそうだったので、Facebookグループを作って連絡を取った。

結局9月12日(水)~9月14日(金)、平日の真っ只中に実施した。場所はこの連載でもむかし紹介した、ぼくの地元、北海道遠軽町《えんがるちょう》白滝にある「えづらファーム」さんにて。1日めは16人も来てくれた。正気か。ど平日やぞ。北海道の山奥やぞ。2日めは5人でしっぽりと。

畑でとうもろこしを取らせてもらったり、酪農家のお姉さんたちが持ってきてくれたマジの牛肉ブロックなどでBBQしたりひととおりワイワイしたあと、夜はぼくの今悩んでいることについて話をした。わざわざ簡易なプレゼン資料も作った。どんな仕事をしたか、今どんな仕事をしているか、どれくらいお金をもらっているかも正直に。そしてこれからなにをしていきたいか。

地元に住んで海外に向けたビジネスをしているお姉さんにいろいろと言われた。「自分がなににお金使ってるか知ってる？　フローとストックとか考えたことある？」とか（別に無駄遣いしてへんわ、友だちとの飲み会も行かんし毎日レトルトカレー食べて暮らしてるわ、と思った）、「『金持ち父さん貧乏父さん』読んでほしいわ〜、あとキャッシュフローゲームやってほしい」とか（それマルチの人が誘い文句で言うやつや、と思った）。まあ確かに毎月2，3万は削れるとこあるかも、Netflixとかやってない英会話とか……とは思った。

一方、めっちゃ尊敬してるえづらファームオーナーの江面さん奥さまからの意見。「少なくてもいいから毎月固定で入ってくるお金があるとすごい楽だよ」「空き家使ってくださいとか言われない？」と。言われないんですよねえ……前に1回空き家の購入を割と本気で検討したのだけど、譲ってくれる人見つけるほうがいいかもと思って断念していた。でも本気で空き家ほしいほしいって言ったことはないかもしれない。「そういうの見つけてみるといいかも」。なるほどたしかに。

仲のいい、最近経営が軌道に乗っているらしいお兄さんの意見。「なにやるっていうのは決めてる？」民泊とか北海道のものを海外に売るとかばっくり考えてますけど、まだ具体的には決めてないっす。「資金調達とかするとしたらそういうとこすごく聞かれるから、そこもうちょいはっきりさせてもいいかもね」。なるほどたしかに。

と、いろいろと学びはあった。図星だったからイラッとしたのかもしれないし、いずれにしろ「くっそみてろよ」という気持ちにはなった。これまで大体この気持ちでなんとかしてきたので、自分にとっていちばん大事なものだったりする。あとは美味しいもの食べて写真撮ってパーティーして帰った。

◆うざい悩みは合宿するといいかもしれない

別に合宿で答えは出ない。けど少し気持ちが軽くなり、なんとなく整理された感じはする。と同時に、なんとかするための手がかりはいろいろと見つかる。主に合宿で生まれた会話や、合宿で接したメンバーとの関係から。あとはめっちゃ仲間が増える。ささいなことから厚く支援してくれるようになるし、支援したくなる。これがいちばん大事かもしれない。

昨今「コミュニティ」が大流行り。なんとかサロンとか、なんとか室とか、みんな大変ですね。大学院でメディアとコミュニティについて研究した身としてはいろいろと複雑な思い。そのへんの思いは「大人に怒られそうなことを書く」というぼくの有料noteでお金をいただきながらコスく大人に怒られそうなことを書いてます。自己矛盾。

一定の集団に閉じこもって思考が偏るのはよくない。好きな人しかフォローしなくていいSNSではよく起きがち。頭よさそうにいうと「エコーチェンバー現象」というらしい。とはいえ、地方でがんばる人や帰りたいと思っている人が、自分のやりたいことを見つけ、磨き上げ、外に向かって突き抜けられるまで守ってくれるような、そういう相互支援のための集まりは必要な気がする。その形はどうやって作っていけるだろうな。

フリーランスになって人生のスピードが上がったのか下がったのかわからないが、自分が求める答えに近づくスピードは上がっているような感じがする。この調子だと、その「集まり」、その守っていく仕組みについても、半年後には自分で答えを出してそうな気がする。

コミュニティの生きづらさと
ポジショントーク、
ぼくが目指す田舎の未来について

2019年1月18日

◆これまでの連載を振り返って

　この本をまとめていただくにあたって、あらためてこれまで書いてきたことを最初から読み直した。7年前の大学生時代に書いていたことから、広告代理店の2年間、大学院の2年間、再び会社員の1年間、そしてフリーランスになって、自分の見える範囲や興味の対象はどんどん移り変わってきた。今読むと7年前の文章を書いている自分は、恥ずかしいくらい世の中のことを知らなかった。でも、そういう恥ずかしいレベルでの発信をできたことがあって、自分はたくさんの知らないことを知り、そして実際に行動を起こしてくることができた。なにより「みんなが『当たり前』とか『しょうがない』と言うしかないことに対してなんとなく感じている違和感を、そのままにせず、それがどういうことなのかちゃんと考える」というようなスタンスは、基本的には7年前から変わっていないように思う。

　とはいえ、ぼくももうすぐ28歳になり、昔よりたくさんの人がSNSを使うようになり、いろいろ環境が変わってきたように感じることがある。たとえば、大学生の頃に書いたブログは、きっと誰にも届かないだろう、と思いつつも、それでも誰かに届けばなにか変わるかも、という思いが上回って書いたものだった。それから7年、さまざまな活動を通じて多くの仲間ができ、ありがたいことにぼくが思うことに共感してくれて、手を貸してくれるような人も増えてきた。誰にも届かないところで考えや批判を強く主張してきたことが、批判の対象に届きうるようになってきた。誰にも届かないだろうけど、少しでも引っかかりを作れれば、と思って出した強い表現が、思っていたより多くの人の引っかかりすぎて、望まないバズが起きたり誰かを傷つけることがある、ということがわかってきた。強く主張することが悪い影響を及ぼすこともあるのかもしれない。でもその中で、自分の言いたいことを言い続けるには、そしてもう少し現実的に、少しでも自分の望む環境、自分の周りの人が望む環境をちゃんと作っていくには、どうすればよいのだろうか。

◆コミュニティと発信、ポジショントーク

これまで文章を書いたりSNSで発信したりする中で、ぼくは意見が偏りすぎないように気をつけてきた。優等生っぽいことをいうと、世の中にはいろんなタイプの人間がいて、みんなそれぞれちがう思考を持っていて、そのいずれもが、他人の思考の自由を妨げない範囲で尊重されるべきだ。でも、限られた文字数や表現範囲で目にとまるもの

が求められるSNS上においては、残念ながら、偏った意見を発信するほうが、それもできるだけ偏っているほうが、対立を生み、議論を呼び、バズる。どんなバックグラウンドがあろうと結果を残すことがすべてで実力のないやつに発言権はない。ブロックチェーンはすごいしよくわかってないやつはダサい。中国はすごくて日本はもうダメ。起業してるやつがカッコよくて会社勤めの時代じゃない。などなど……。そのいずれもが、自分の所属する集団や自分自身の地位を高めるために発信されている。これを和製英語で「ポジショントーク」という。多かれ少なかれ誰しもそういう側面はあるし、ぼくもきっとそれに当てはまるのだろうが、極端さの度合いやパワーバランスはある。でかいもの、強いものの側から行われるポジショントークは、多くの人が賛成しやすくて力を持ちやすいが、その敵となった少数派を強く締め付ける。

いずれにせよ、よくも悪くも、コミュニティはそういうポジショントークをし続ける人の周りにできる。自分に言えないことを言ってる人はカッコいいし、応援したくなる。人が集まるとますますポジショントークをする人の発言権は強くなり、さらに人は集まってくる。これはぼくが論文の中で「クリエイティブ・クラス」について書いたことと似ているかもしれない。

でもぼくは、コミュニティがあることでやりにくいこともある、と感じたりもする。ごく当たり前だけど、同じコミュニティに所属する人は仲間であり、仲間が考えていることは尊重して議論していかなければならない。ただ、この「していかなければならない」度合いが強まっていくと、それはある意味で息苦しさにつながる。もちろん世の中にはたくさんのコミュニティがあるので、ひとつのコミュニティの特定の考え方に同調しなくてはならない、というわけではまったくないが、複数のコミュニティに所属できる人は、あくまでぼくの肌感覚だが、あまり多くないように思う。

ぼくはひとつのコミュニティに所属していることが息苦しく感じてしまうタイプなので、たとえば大学の学部と部活とTwitterコミュニティ、広告代理店の営業部署と同期と音楽イベント、転職先の会社と地元と前職の同期など、これまで意識的に、できるだけちがう毛色のコミュニティに複数所属してきた。でもどんなコミュニティでも、コミュニティのリーダーはほとんどそこ以外にコミュニティを持たない人が多かった。そしてコミュニティに所属する人でも、ぼくとはちがう形でなんらかのトラウマを抱えていたり、それまでの外と接点が少ない生活環境だったり、いろんな因果関係によって社会との接点が少ない人たちがいた。そうした人たちは特に、複数のコミュニティに所属していることが少なく、ひとつのコミュニティにさえかかわりがあるかないか、という状態が多いように感じた。そしてそういう人たちは、世の中においては存在していることさえ見えにくい。それを感じ取れたのはぼくがもともと、北海道の田舎でそういう接点が少ない生活環境であった、ということもあるのだと思う。

いずれにせよ、たとえSNSが普及し、いろんなコミュニティを自由に渡り歩くことができる時代だとしても、実際にそのように、複数のコミュニティを掛け持ちしたり、渡り歩くことができる人はあまり多くない。そういう中でひとつのコミュニティに囚われ、そこで同調を強いられる、ということがもし起きてしまったら、その息苦しさは「田舎の生きづらさ」とまったく同じものになってしまうのではないだろうか。

ぼくがSNS上で昨今盛んに言われている「サロン」や「コミュニティ」にどうしても近づけないのは、それが「田舎の生きづらさ」の再生産になりそうな気がしているからだ。求心力が強すぎると、それ以外の意見を持てない人が多く出てくる可能性があり、それはあまり健康的なことではない。考えすぎなのかもしれないし、ぼくにそうした偏った主張をしてコミュニティを作り先導していくような度胸がない、というだけのことなのかもしれないが。

それでも、フリーランスを1年やってみてよくわかったが、個人でできることは決して多くない。そして複数人だからこそできること、コミュニティだからこそできることもたくさんある。その中でなんとか自分なりに塩梅のいい距離感を見つけようとしている。

◆デジタルレジデントとコミュニケーションの距離感

「デジタルレジデント」については、修士論文に書いて、連載の10回目で少し取り上げた。オンラインとオフラインのコミュニケーションになんの差異もなく、リアルで隣の人に話しかけるようにウェブ上でコミュニケーションが取れる人たちのことである。きっとSNSで「コミュニティ」活動をしている人はこういう人たちだろうと思う。そうした人たちが今後の社会のコミュニティ形成の中心となり、インターネットを通じてコミュニケーションを取り続けていくだろう。特にぼくたちのように、活動のテーマを地域に置いている人たちは、ウェブもまた主要な場の一部として、関係している地域を活性化する役割を担うようになるだろう。これまで実際に訪れてきた島根県の海士町《あまちょう》や津和野町《つわのちょう》、そして自分がかかわっている道東《どうとう》などでも、その動きは実際に起きていて、大きくなりはじめている。自分が望んでいたことではあるし、避けられないことでもある。

個人的には、前述のコミュニティゆえのやりにくさとも関係するが、人と近づきすぎること、コミュニケーションを密に取りすぎることが苦手だ。原因はいろいろある気がするが、いじめの相手がローテーションしていったり、頼るべき大人たちの間でさえいじめの関係があったりするような、田舎の狭いコミュニティで幼少期に受けたトラウマがいろいろと影響しているのだと思う。「コミュニティ」というものを手放しに喜べないのもその自分の性格が背景にある。ここまで田舎とコミュニティの話をし続けてきたくせに、こういう新しい「コミュニティ」が生まれ、それが中心になっていく社会が実現していったとして、自分はうまくやれる自信があんまりない。

自信はないのだけど、世の中がそうなっていくし、おそらく世の中の多くの人より早い段階で、世の中がそうなることがわかっている以上、腹をくくってやっていくしかない。そして安易なポジショントークに逃げずに、ちゃんと意味があることを、信用できる仲間と一緒にやっていく方法を、新しい「コミュニティ」の中でも自分が心地よい距離感でやり続けられる方法を、探っていくしかないのだろう。

2012年の9月、教育実習でたまたま帰っていた北海道のど田舎の実家のパソコンで、なんとも言えないモヤモヤを書きなぐって公開してから、7年。ここまでずっと手探りで、いろんな方に助けてもらいながらここまでやってきましたが、まだ全然わからないことばっかりだし、それでもやっていくしかないんだろう、ということはわかってきつつあります。ぼくはこれからも手探りで、少しずつやり続けていきます。

一緒にやっていきましょう。

◆ということでお願い

デジタルレジデントであろうみなさんにお願いがあります。#田舎の未来 をつけて、SNS上でこの本の感想を投げてください！ Twitter, Facebook, Instagram, ほかなんでも構いません。TikTokでもいいです。なにが全力◯◯や！

可能な限りハッシュタグ #田舎の未来 と、さのへのメンション @sanokazuya0306 (Facebookなら@佐野 和哉)をつけてください。観測できる限り全部レスしに行きます。どんな意見でも。同意、称賛、批判、誹謗中傷、この本を買った本屋さん、この本を読むのに適したサウナ、好きな寿司ネタなどなどなんでもOKです。ぼくはサーモンとえんがわが好きです。

なんかこういうプロモーション手法なのかよくわからんやつ、よくあるっちゃあよくあるやつですが、そういうことからしかはじまらないと思うから。2012年以降、確かにこういうことからはじまったことがたくさんあったから。みんなで考えられたらいいなと思っています。思ったこと感じたことだけでもいいです。投稿したらメルカリで売ってくださっても構いません(『バイトやめる学校』をご参照ください)。メルカリの投稿もレスしにいきますので「Twitterとかで晒してください。なんならぼくが買います(?)

今やみんなインターネット上で同じ地平ですから。隣の人とお話するように、みなさんの意見が聞けたらうれしいです。よろしくお願いします!!!!

◆追記　自分の事業をエイヤで始めた

2019年3月12日

ということで、とにかくなにかしら、自分が事業主であるビジネスをやる必要を感じたので、北海道にかんしてなにかできないか考えてみた。

まず、自分が事業主であるビジネスだとしても、地元の人からお金をもらう仕事は真っ先に除外だ。ぼくの地元が特にそうなのかもしれないが、そもそも田舎においては、「お金をもらうこと＝悪」という風潮が根強い。そしてそこまでしてがんばったところで、地元の人からもらうのは大した金額にはならない。これは地元だけではなく、札幌くらいまで見て考えてもほとんど変わらないことを、最近札幌相手のクライアントワークをやって感じた。

そして東京をはじめ、国内を相手にする仕事も除外したい。この先景気が悪くなることがわかりきっている中でリスクが高いし、寒いのにわざわざ「北海道に行きたい」という人はあまり多くない。あくまで相対的にだが。

そう考えると、ビジネスの相手は国外だ。北海道はここ数年、外国人観光客の数が急増している。数年前までは香港・台湾・韓国、そして中国というようすだったが、最近はタイやベトナムをはじめ東南アジアからの観光客が増えている。そして彼らは、喜んでめっちゃ寒い北海道にくる。雪を見て大喜びする。ごく自然に、商売をするなら喜んでくれる人相手にやりたい。

そのためにできることは、ざっくり言えば、「来てくれた人になんかする」「来てないけど北海道好きな人になんかする」の2種類がある。インバウンドとアウトバウンドとも言えるだろう。アウトバウンドは現地の事情を知らないとむずかしい。一方、インバウンドは地元のことを知れば知るほど強い。なので、まず取り掛かるとしたらこっちだ。

もともと地元付近、世界遺産知床の近くの、清里町《きよさとちょう》という町の空き家バンクの方と知り合いで、家をなんとなく見せてもらってはいた。しかし、空き家を買ってなんとかするのは時間もお金もかかる。そしてぼくがやりたいのは、「かっこいいゲストハウスをつくること」ではなく、「少しでも早く多くお金を稼ぐこと」だ。

合宿くらいまでは家をどうするかは一旦諦めていたが、合宿後に少しの金銭的な余裕ができ、家を借りるくらいはできるかもしれない、と思えるようになってきた。ぼくが前職でやっていた「リーンスタートアップ」という手法、超ざっくりいうと「手っ取り早く始めて、やりながら考える」という方法に則って、とりあえず家を借りることにした。なお、このときできた余裕があまりに気持ち程度の余裕だったので、あとで全然お金が足りなくなり、融資受けてからやればよかったと思うようになる。

宿を始めるのにどんな方法があるのか。それぞれどういう準備が必要なのか。どういう制限事項があって、なにをクリアしないといけないのか。法律をググりまくった。消防や保健所、法務局、役場の建築課などに奔走し、5回以上は北海道と東京を往復。地元と保健所のある町と借りた家を車で駆けずり回った。地元の遠軽町《えんがるちょう》から清里町の家まで片道120㎞くらいあるので、1000㎞は走ったと思う。東京の仕事は関係者の理解を得ながら続け、清里町の家もオーナーさんの理解のもとに営業許可の目処が立つまでは家賃を待っていただいた。

どうにかこうにかありながら、おそらくかなり早いペースで準備を終え、3月半ばにとりあえず営業許可の取得には成功。ちなみにこの文章を書いている前日の話です。この文章は清里町の家で書いてます。昨日めっちゃ雪が積もって家から出られませんが、東京にいても基本家から出ないのでやってることは変わりません。むしろ家が温かいからこっちのほうが快適。

とりあえず営業許可を取得したものの、まだ準備にはいろいろかかりそうなので、GWごろからちゃんと回せるようにしたい。「いろいろかかる」の大半は、3月末〜4月前半でわざわざカナダまでPerfumeのライブ見に行くことです。取ったの半年前ですが、半年後のことなど当然考えずに取っているので、いまめっちゃシビれてます。なんとかするしかあるまい。

ということで、ぜひ皆さんも遊びに来てください。オープンに向けた整備や実際に宿泊できるようになったときなどの情報は、都度Twitter @sanokazuya0306 などで告知していきます。100万人きて。

◆やりたいことは民泊ではなく、カルチャーづくり

この半年くらい、自分の内からも外からも「自分のやりたいこと」を問われ続けて、だいぶ整理できてきた。

いちばんやりたいことは、北海道にちゃんと残っていくカルチャーを作ること。これ

までも書いてきたが、地元を離れなくていい理由、地元に帰りたい理由は、地元に強いカルチャーがあるかどうかがかなり大きいと思っている。北海道にカルチャーを作るために、北海道に暮らしをつくる。特に若者の居場所をつくる。北海道に暮らしを、若者の居場所を作るために、これまでの人がやっていない方法で、北海道でちゃんとお金を稼ぐ。まずは民泊で。その後はそこから見えてくることから。２０１９年度はそれをちゃんとやっていきたい。

平成が終わって、新しい元号になる。わざわざそういうことでエモくなるタイプではないけど、世の中的にはいいタイミングなので、勢いつけてやっていきたい。

思い返せば母が「ゲストハウスやりたい」とか言ってたくせになにもやらなかったので、こうなった気もする。いざ家を借りると母は父に片道１２０㎞運転させて、頻繁に来てくれる。この間の週末はじいちゃんばあちゃんも連れてきた。一家総出で掃除である。自分の家は全然掃除しないのに、人の家となるとめちゃめちゃきれいにしてくれる。そしてぼくも、その遺伝子を継いでいる自覚はあるのである。普段からちゃんとしよう。来ていろいろ言われるの半分めんどくせえな……と思っていたが、一歩引いて考えると、無条件に手伝ってくれる人がいるのはなんと尊いことか。楽しんで手伝ってくれているようなので、なんかいいやり方を探していきたい。

今回自分のお金で借りて、宿を始めることになった清里町の家。築40年くらいだけど、水回りのリノベーションが入っていてきれい。家賃はそこそこかかっている。

初出一覧

田舎だからできることと、その可能性について
『仕事文脈 ｖｏｌ・１』（２０１２年11月）

最後尾から最先端へ。島根の離島、海士町で見たもの
ブログ
「どさんこ田舎者、東京でいろいろつくる」
（２０１２年12月30日）

ぼくが1年考えた、「田舎の未来」について
『仕事文脈 ｖｏｌ・３』（２０１３年11月）

都会から見る、田舎の未来について
『仕事文脈 ｖｏｌ・４』（２０１４年５月）

ステッカーを作って考えた、田舎におけるシンボルについて
『仕事文脈 ｖｏｌ・５』（２０１４年12月）

イベントを実施して考えた、田舎に埋もれる資産について
『仕事文脈 ｖｏｌ・６』（２０１５年５月）

都会と田舎の家と仕事、その未来について
『仕事文脈 ｖｏｌ・７』（２０１５年11月）

さとり世代の将来の夢と、「仕事」を疑うことについて
『仕事文脈 ｖｏｌ・８』（２０１６年５月）

文化のための「食っていく」コストと、
プラットフォームについて
『仕事文脈 vol・9』（2016年11月）

修士論文と電通事件と、働きすぎないカルチャーについて
『仕事文脈 vol・10』（2017年5月）

「ていねいな暮らし」がもたらす、
都市と地方、身体と精神の分断について
『仕事文脈 vol・11』（2017年11月）

規模とお金、それでもやるべきことの境界について
『仕事文脈 vol・12』（2018年5月）

生活の余裕と心の支え、フリーランス半年の悩みごとについて
『仕事文脈 vol・13』（2018年11月）

書き下し

コミュニティの生きづらさとポジショントーク、
ぼくが目指す田舎の未来について

さのかずや

1991年生まれ。北海道の右上のほう、遠軽町出身。工学部から広告代理店営業、大学院(IAMAS)などを経て、現在はフリーランスで地方やテクノロジーにまつわる企画やプロジェクトマネジメントなどを行う。インターネット地域メディア「オホーツク島」を運営。

sanokazuya0306@gmail.com
twitter : @sanokazuya0306

04
SERIES 3/4

田舎の未来
手探りの7年間とその先について

2019年4月25日　初版発行

著者　さのかずや
発行人　宮川真紀
装丁　惣田紗希
発行　合同会社タバブックス
東京都世田谷区代田6-6-15-204　〒155-0033
tel : 03-6796-2796　fax : 03-6736-0689
mail : info@tababooks.com
URL : http://tababooks.com/

組版　有限会社トム・プライズ
印刷製本　中央精版印刷株式会社

ISBN978-4-907053-32-1　C0095

Printed in Japan